언젠가 우리가
같은 별을
바라본다면

언젠가 우리가 같은 별을 바라본다면 15만 부 기념 양장 에디션본

초판 1쇄 발행 2025년 4월 25일
초판 2쇄 발행 2025년 10월 16일

글	차인표	**발행처**	(주)해결책
발행인	이수란	**등록번호**	제 2017-000328호
책임편집	해결책	**등록일자**	2017년 7월 17일
		주소	서울시 마포구 양화로 183, 403호
디자인	로컬앤드 @thelocaland	**팩스**	02-6442-2011
그림	이루비 @pipiruby	**이메일**	answer_key@naver.com
교정교열	김혜영	**인스타그램**	@lucky_answerkey
종이와 인쇄	공간코퍼레이션	**블로그**	blog.naver.com/answer_key

ISBN 976-11-91061-16-1 43810
가격 17,000원

Published by Answerkey, Inc. Printed in Korea
Copyright©차인표&해결책
이 책은 2021년 출간된 《언젠가 우리가 같은 별을 바라본다면》의 양장본입니다.

- 이 책에 실린 모든 내용, 디자인, 이미지, 편집 구성의 저작권은 차인표와 해결책에 있습니다.
  간단한 서평 작성이나 소개 목적을 제외하고 차인표와 해결책의 서면 동의 없이 이 책의 전부나 일부를
  복제 및 전재, 인용, 촬영, 재편집하거나 전자 문서로 변환할 수 없습니다.

- 본서의 표지에는 환경을 생각한 고급 재생지 매직콤마를 사용했습니다.
  종이 특성상 미세한 잔여물이나 불규칙한 결이 있는 것은 종이 고유의 무늬로, 불량이나 인쇄 오류가 아닙니다.
  시간이 지남에 따라 테두리 부분에 약간의 자연스러운 마모가 발생할 수 있습니다.

- 잘못 만들어진 책은 구입처에서 교환해 드립니다.

언젠가 우리가
같은 별을
바라본다면

차인표
장편소설

생명을 주신 어머니께

차례

1. 1931년 가을, 백두산 — 8
2. 두 번째 이별 — 58
3. 조선인 여자 인력 동원 명령서 — 90
4. 용이의 전쟁 — 142
5. 백두산의 안개 속으로 — 206

작가의 말 — 244
추천의 글 — 251

1

1931년 가을, 백두산

호랑이 마을의 전설

톡, 톡톡.

풀잎 끝에 맺힌 영롱한 이슬방울들이 하나둘 터집니다.

목을 축인 새끼 제비가 파란 하늘을 한번 쳐다보고는, 작은 두 발로 수면을 힘껏 박차고 오릅니다.

"아! 이렇게 물을 박차고 오르니까 사람들이 나를 물 찬 제비라고 하는구나."

스멀스멀 걷히는 안개 바다 아래로, 열여섯 개의 거대한 봉우리들에 에워싸인 백두산 천지가 웅장한 모습을 드러냅니다. 파란 하늘을 가득 담은 천지에는 거대한 봉우리들이 제각각의 모양으로 물구나무서 있습니다.

천둥소리를 내며 하얀 물을 쏟아 내는 폭포 위를 날아 우산대처럼 하늘로 길게 뻗은 이깔나무 숲을 지나니, 끝없이 펼쳐진 노란 들꽃밭이 나타납니다. 수천수만 마리의 나비들과 잠자리들이 한데 어울려 한바탕 춤을 추다가, 빠른 속도로 날아오는 새끼 제비를 위해 양쪽으로 갈라지며 길을 터 줍니다. 바위 언덕을 따라 아래로 아래로 내려오니, 산기슭에 하얀 억새꽃이 만발한 억새밭이 나옵니다. 억새밭이 끝나는 그곳에 작은 언덕이 봉긋 솟아 있네요.

봉긋 솟아 있는 이 언덕은 잘가요 언덕입니다. 예부터 호랑이 마을 사람들이 누군가를 떠나보낼 때 모이는 작은 언덕이지요. 길 떠나는 사람이 억새풀에 가려서 안 보이게 될 때까지 호랑이 마을 사람들은 이 언덕 위에 서서 "잘 가요. 잘 가세요."를 외치며 작별 인사를 해 왔답니다. 그러면 떠나는 사람은 뒤돌아보며 "꼭 돌아올게요. 우리 다시 만나요."라고 답례를 했지요.

아름드리 꿀밤나무 한 그루가 덩그마니 서 있는 잘가요 언덕 밑으로 길이 세 갈래 나 있습니다. 넓은 길은 빠른 걸음으로 한나절 이상 가야 하는 장대봉 남쪽 산기슭 붉은소나무 마을로 통하는 먼 길이고, 억새풀에 가려 잘 보이지 않는 길은 억새밭을 지나 호랑이 산으로 올라가는 울퉁불퉁한 산길이고, 꼬불꼬불한 길은 잘가요 언덕 가까이에 있는 호랑이 마을로 들어가는 작은 길이랍니다. 잘가요 언덕 위를 빙빙 돌던 새끼 제비는 꼬불꼬불 작은 길을 따라 호랑이 마을로 날아갑니다. 긴 끝자락에 자그마한 마을이 수줍은 듯 아침 맞을 준비를 하고 있습니다. 밥을 짓는 집집마다 굴뚝에서 하얀 연기가 몽실몽실 피어나네요. 갓 피어난 하얀 연기가 파란 하늘에 흩어지면서 이렇게 인사를 건넵니다.

"호랑이 마을에 오신 것을 환영합니다."

새끼 제비는 아침밥 짓는 구수한 냄새를 뚫고 이리저리 날아다니며 마을을 구경합니다.

우뚝 버티고 선 호랑이 산의 웅장함에 비하면, 삼사십여 가구가 옹기종기 자리 잡은 마을의 모습은 소박해 보입니다. 작은 마을과 커다란 산, 별로 어울리지 않는 그림이지만, 이 그림을 더 어색하게 만드는 건 억새풀을 엮어 지은 보잘것없는 띠집들에 비해 지나치게 높은 울타리입니다. 집집마다 한 집도 빠짐없이 어른 키를 훌쩍 넘는 높디높은 울타리들을 쳐놓았습니다. 호랑이의 공격을 막기 위해서라고 합니다. 이 마을이 바로 가축을 놓아기르지 못하고, 나그네들이 아무리 고단해도 쉬어 가지 않는다는 호랑이 마을입니다.

예전에는 전국의 내로라하는 포수들이 호랑이를 잡겠다고 이 마을로 몰려들었다고 합니다. 포수들은 하나같이 자기가 우리나라에서 제일 유능한 포수라고 우쭐댔고, 이들이 호랑이 산으로 오를 때면 마을 사람들은 어김없이 잘가요 언덕에 모여, 억새밭 길을 지나 산으로 올라가는 포수들에게 "잘 가요."를 외쳐 주었지요. 하지만 호랑이 산으로 올라간 포수들은 열이면 아홉은 다시 내려오지 못했습니다. 행여 구사일생으로 산에서 내려온 포수는 엽총도 내버린 채, 혼비백산이 되어 호랑이 마을을 떠나고 말았답니다.

아주 오랜 옛날, 그러니까 이 마을의 제일 큰 어른인 촌장님의 할아버지의 할아버지의 할아버지가 살던 시절, 호랑이 마을은 평화로운 곳이었다고 합니다. 그 시절에는 호랑이와 사람들이 사이좋게 지냈다고 해요. 약초 캐러 산에 올랐다가 길 잃은 할머니를 호랑이가 마을까지 인도해 주기도 하고, 엄마 잃고 배고파 마을로 내려온 호랑이 새끼들에게 마을 사람들이 어미 소의 젖을 짜서 주기도 했다고 해요. 평화롭던 그 시절, 호랑이 산은 마을 아이들에게는 재미난 놀이터였고, 어른들에게는 나물이며 귀한 약초를 무한정 품은 고마운 곳이었다고 합니다.

그러던 어느 날, 임금님이 호랑이 사냥을 하러 많은 신하와 무관을 거느리고 이곳 호랑이 마을에 행차했습니다. 이때 온 나라에서 몰려온 사냥꾼들이 호랑이 가죽을 구하기 위해 산을 드나들면서부터, 호랑이와 마을 사람들의 사이는 점점 멀어지게 되었답니다. 성난 호랑이는 산에서 만나는 사람들에게 날카로운 발톱을 휘둘렀고, 때로는 마을로 내려와 다 자란 어미 소를 물어 죽이기도 했답니다. 급기야 호랑이 마을에는 집집마다 높은 담이 올라갔고, 마을 사람들은 사나워진 호랑이들을 잡기 위해 쇠꼬챙이로 만든 덫을 산 곳곳에 심어 놓았대요. 덫에 걸려 발이 부러진 엄마 호랑이가 새끼를 부르며 울부짖는 소리에 마을 사람들은 밤잠을 설치는 날이 많았답니다. 결국 세월이 흐를수록 호랑이는 사람을 무서워하게 되었고, 사람도 호랑이를 무서워하게 되었습니다. 그리고 더 이상 사람들은 호랑이 산에 함부로 오를 수 없게 되었습니다.

호랑이 사냥꾼과 순이

 호랑이 마을 위를 하릴없이 떠돌던 새끼 제비가 갑자기 방향을 틀어 잘가요 언덕 쪽으로 쏜살같이 날아갑니다. 큰길 위에서 움직이는 무언가를 발견했기 때문입니다.

 그것은 마치 잘가요 언덕 쪽으로 어슬렁거리며 다가오는 두 마리의 호랑이 같아 보입니다.

 "어? 쟤네 호랑이 맞아? 호랑이들이 왜 이른 아침부터 큰길가에서 어슬렁거리지?"

 새끼 제비가 호기심을 가질 만도 합니다. 캄캄한 밤중이나, 어두운 숲속에서 은밀하고 민첩하게 움직이는 호랑이가 마을 근처 큰길가에서 어슬렁거릴 이유가 없거든요. 새끼 제비가 궁금해하는 사이에 호랑이들은 잘가요 언덕 위로 올라섭니다.

 "어어? 호랑이가 아니라 사람이네?"

새끼 제비가 눈을 비비고 다시 보니, 이들은 호랑이가 아니라 황금빛 호랑이 가죽으로 만든 외투를 걸친 덩치 큰 사내와 늠름한 소년이군요.

얼굴의 절반을 가린 새까만 수염, 구릿빛 피부에 흰자위가 번득이는 눈, 거대한 수호랑이를 닮은 기골이 장대한 사내와 그의 아들인 듯한 열두세 살쯤 되어 보이는 소년입니다. 아버지의 야성을 물려받은 듯 나이에 비해 훨씬 어른스러워 보입니다.

호랑이 가죽으로 만든 길고 거친 외투를 걸치고 큰 엽총을 둘러멘 것으로 보아, 한눈에도 이들이 호랑이 사냥꾼임을 알 수 있습니다.

"와, 제법 멋진데?"

범상치 않은 용맹한 외모의 이 부자가 새끼 제비의 눈에도 멋지게 보이나 봅니다. 멋지긴 한데 걱정이 되는 것도 사실입니다. 이들은 호랑이 사냥꾼이 분명하기 때문입니다. 호랑이 사냥꾼이 호랑이 마을에 왔다면 이유는 하나밖에 없겠지요.

사내는 황 포수이고, 올해로 열두 살 된 소년은 그의 아들 용이입니다. 두 부자는 잘가요 언덕 위 꿀밤나무 아래에 우뚝 서서, 맞은편 억새밭 뒤로 버티고 선 호랑이 산을 바라봅니다. 묵묵히 바라보는 네 개의 눈동자가 무척이나 날카롭습니다. 황 포수의 어깨에는 커다란 엽총 두 자루와 날카로운 이빨 모양을 한, 맹수를 잡을 때 쓰는 쇠덫들이 주렁주렁 매달려 있습니다. 용이가 어깨에 멘 엽총은 너무 길어서 총 끝이 땅에 닿을 정도입니다. 행색으로 보아 아주 먼 길을 온 듯하지만, 피곤한 기색은 별로 없습니다.

잠시 후 꼬불꼬불한 길을 돌아 이들 부자가 호랑이 마을에 도착합니다. 아침 먹고 밭 갈러 나가려던 사내들과 설거지하던 아낙들, 마을 공터에서 아침 놀이를 시작한 아이들까지, 이른 아침 호랑이 마을에 나타난 이상한 차림새의 손님을 호기심 어린 눈으로 바라봅니다. 이내 많은 구경꾼들이 모여들어 황 포수 부자가 가는 길을 졸졸 따라가네요.

몰려든 구경꾼들 중에 열두 살 먹은 훌쩍이도 보입니다. 훌쩍이는 호랑이 마을의 유일한 고아입니다. 아빠는 오래전 이 마을을 방문했던 포수인데 호랑이 잡으러 산으로 올라간 후 소식이 없고, 엄마는 훌쩍이를 버리고 마을을 떠났습니다. 홀로 남은 훌쩍이는 이 집에서 아침, 저 집에서 점심을 얻어먹으며 살고 있지요. 마음씨 착한 훌쩍이는 항상 코밑으로 흘러내리는 콧물을 훌쩍 하고 다시 들이마신답니다. 한 번 들이마실 때마다 어깨까지 들썩거리는 바람에 뒤에서 봐도 훌쩍이가 언제 훌쩍거리는지 모르는 사람이 없지요. 나이에 비해 동작이 조금 굼뜨고 말이 어눌해서 그런지 마을 아이들 중 또래인 엄대 패거리에게 좋은 놀림감입니다. 하지만 자신이 놀림을 당한다는 걸 아는지 모르는지, 훌쩍이는 아이들과 어울리는 것이 매일매일 자신의 운명이자 숙제인 양, 열심히 훌쩍거리며 마을 아이들을 따라다닌답니다. 왜냐하면 훌쩍이의 최대 목표는 오늘 하루를 심심하지 않게 보내는 거거든요.

황 포수가 훌쩍이에게 묻습니다.

"이 마을 촌장 댁이 어디 있느냐?"

"저어기, 세 번째 사립문 집이에요."

훌쩍이는 연신 훌쩍거리며 겁에 질린 채 대답하면서도 황 포수 옆에 말없이 서 있는 용이를 힐끔 살핍니다. 누구와도 마주치지 않겠다고 작정이라도 했는지 두 눈을 적당히 아래로 깔고 있는 용이의 긴 속눈썹이 가을바람에 팔랑거립니다. 일자로 굳게 다문 입술이 무척이나 어른스럽고 다부져 보입니다. 오뚝한 용이의 콧날이 허리에 찬 커다란 칼만큼이나 멋져 보입니다.

황 포수와 용이는 뜻하지 않은 손님들의 출현에 모여든 마을 사람들의 시선을 고스란히 받아 내며, 이 마을 어른인 촌장 댁으로 향합니다. 사립문을 열고 들어가니 조그만 마당이 나옵니다.

체구가 작고 나이 많은 촌장님이 손님들을 맞아들입니다.

촌장님은 호랑이 마을의 제일 큰 어른입니다. 부인이 죽은 뒤 며느리도 병으로 죽고, 아들은 머나먼 중국 상해로 독립운동을 하겠다고 떠난 후 오래전 연락이 끊겼다고 하지요. 지금은 그 아들이 유일하게 남기고 간 손녀딸과 단둘이 살고 있답니다. 비록 기력도 많이 쇠하고 체구도 작은 촌장님이지만, 이 마을에서 가장 존경받는 분이시지요. 황 포수는 거대한 엽총과 덫을 마당에 풀어 놓습니다. 묵직한 덫이 마당에 떨어지며 쨍그랑 하고 쇳소리를 냅니다. 황 포수는 용이를 홀로 마당에 세워 놓은 채 촌장님 방으로 들어갑니다.

새끼 제비가 촌장 댁 울타리 위에 날아와 앉습니다. 높은 울타리에 난 구멍 사이사이로 아낙들과 사내들과 아이들이 호기심과 동정심 어린 눈으로 용이를 바라봅니다. 호랑이 가죽으로 만든 외투를 걸치고 자신의 키만큼이나 큰 엽총과 봇짐을 메고 꼿꼿이 서 있는 이 아이. 자신을 바라보는 수많은 시선에 어색하고 민망해질 만도 하지만, 용이는 황 포수가 들어간 방에 시선을 고정한 채 마당 한가운데 그대로 서 있습니다. 구경하는 아낙들과 사내들의 혀 차는 소리가 들립니다.

"허, 그것 참……. 이번에는 부자가 한꺼번에 당하겠구먼."

"참말 잘생긴 아이인데, 어린것이 애비 잘못 만나 호랑이 밥이 되겠어."

촌장님과 황 포수의 이야기가 꽤 길어지나 봅니다. 용이는 벌써 반 시간 이상을 꿈쩍도 하지 않은 채 마당에 서 있습니다. 구경하던 아낙들과 사내들이 하나둘 흩어질 때쯤, 열린 사립문 사이로 갑자기 개 한 마리가 뛰어 들어옵니다.

으르렁, 컹컹!

흥분한 개는 용이의 몸에서 맹수 냄새라도 맡았는지 맹렬하게 짖어 댑니다. 이 개는 엄대네 집에서 기르는 개입니다. 일대일로 표범과 맞붙어 싸워도 이길 만큼 용맹하다는 풍산개지요. 엄대네 개가 용이를 향해 짖으면서 응원군을 불렀나 봅니다. 어느새 커다란 개 세 마리가 더 뛰어 들어와 용이의 주위를 빙빙 돌며 미친 듯이 짖어 댑니다. 마치 조금만 움직이면 모두 같이 달려들어 멧돼지 사냥을 하듯 용이를 물어뜯을 태세입니다. 이빨을 있는 대로 드러낸 개들이 언제 달려들지 모릅니다. 흩어지던 구경꾼들이 다시 몰려듭니다. 이 상황을 용이가 어떻게 할지 무척 궁금한가 봅니다. 아이들은 용이가 어깨에 멘 총이나, 허리에 찬 큰 칼이라도 쓸까 싶어 내심 기대하는 모습입니다. 그러나 모두 울타리에 붙어 구경만 할 뿐, 누구 하나 마당으로 들어와 용이를 도와주려 하지 않습니다. 훌쩍이도 훌쩍거리며 구경합니다.

겉으로는 내색하지 않지만, 용이는 속으로 무척이나 당황스럽습니다. 개들이 무서워서 그러는 건 아닙니다. 용이는 어리지만, 태어나면서부터 호랑이 사냥을 하며 산에서 자란 호랑이 사냥꾼입니다. 그런 용이가 개 몇 마리 해결하는 거야 식은 죽 먹기만큼 쉽겠지만, 담 넘어 날아 들어오는 구경꾼들의 호기심 어린 시선이 무척이나 부담스러운 것입니다. 아버지와 함께 늘 산으로 숲으로 호랑이만 쫓아다녔던 용이는 이렇게 많은 사람들이 자신을 쳐다보는 건 생전 처음 겪는 일입니다. 그래서 몹시 난처합니다. 아버지가 촌장님과 얘기를 얼른 끝내고 나와서, 어서 이 자리를 떴으면 하는 마음뿐입니다.

아무런 반응도 보이지 않는 용이를 향해 개들은 더욱 기세 좋게 짖어 댑니다. 엄대네 풍산개가 겁 없이 다가와 앞발로 용이의 발을 툭 하고 건드려 봅니다. 순간 용이의 눈이 번쩍하고 빛납니다. 살기를 느낀 개들이 용이를 일제히 공격하려 드는 바로 그 순간, 사립문이 삐익 하고 열립니다. 그리고 자기 몸의 두 배는 족히 되어 보이는 마른 나뭇가지 더미를 지게에 짊어진 한 소녀가 구경꾼들을 헤치고 마당 안으로 들어섭니다. 촌장님의 손녀딸인 순이입니다.

"그만! 앉아! 어서!"

조용하지만 단호한 이 세 마디로 순이는 흥분한 개들을 진정시킵니다. 순이의 행동에 열한 살 아이답지 않은 침착함과 조숙함이 묻어납니다.

미친 듯이 짖어 대던 개들이 순이의 말에 거짓말처럼 잠잠해집니다. 곧이어 순이가 개들을 쓰다듬어 주며 사립문 밖으로 내보냅니다.

아주 짧은 순간 동안 용이와 순이의 눈이 마주칩니다. 허리까지 오는 댕기 머리, 밤하늘의 별처럼 반짝이는 커다란 두 눈, 숯검정처럼 진한 눈썹에 단호해 보이는 입술과 작은 코, 한쪽 볼에만 살짝 파인 보조개. 이 모든 것들이 조화를 이룬 순이의 말간 얼굴은 눈이 부시도록 빛이 납니다. 낡았지만 새하얀 저고리와 여기저기 기우고 덧댔지만 깔끔한 검정 치마 밑으로 백옥 같은 종아리를 살짝 드러낸 순이의 모습 하나하나가 용이의 마음속에 선명하게 아로새겨집니다.

황 포수의 계획

한편, 방 안에서는 촌장님과 황 포수의 대화가 한창입니다.

황 포수는 오로지 백호를 쫓아 머나먼 남쪽에서부터 천 릿길을 왔다고 합니다. 이제 백두산 끝자락에 있는 이 호랑이 산이 백호가 피할 수 있는 마지막 산이라 판단했기에, 마을에 움막을 짓고 지내다가 적당한 시기가 되면 호랑이 산에 올라 백호 사냥을 하겠다는 것입니다.

한참 동안 말이 없던 촌장님이 입을 엽니다.

"언젠가는 올 줄 알았네."

"저를 아십니까?"

황 포수가 묵직한 음성으로 묻습니다.

"자네가 잡은 호랑이 가죽이 가장 비싸게 팔린다는 소문을 들은 적이 있네."

그렇습니다. 4년 전 돌연 호랑이 사냥을 멈추고 사람들

눈에서 사라지기 전까지, 황 포수는 전국의 호랑이 사냥꾼들 사이에서 전설로 통하는 명포수였습니다. 호랑이 가죽을 구하는 일본 상인들 사이에서도 황 포수가 잡은 호랑이 가죽이 가장 비싸게 팔렸다고 합니다. 황 포수의 호랑이 가죽에는 총알구멍이 단 하나밖에 없기 때문입니다. 아무리 사납고 커다란 호랑이를 사냥할 때도 황 포수는 총알을 단 한 발만 사용했다고 합니다.

"보아하니 먼 여행에 지친 것 같은데, 며칠 쉬었다가 그냥 갈 길을 가게."

"마을에 작은 움막을 지을 수 있도록 허락해 주십시오. 폐 끼치지 않고 올겨울 첫눈이 올 때까지만 머물다가 호랑이 산으로 올라가겠습니다."

답하는 황 포수의 목소리가 낮지만 쩌렁쩌렁 울립니다.

"자네, 밖에 서 있는 저 어린아이를 데리고 호랑이 산에 오를 셈인가?"

"저희는 한반도 남쪽 끝에서부터 백두대간을 타고 이곳까지 왔습니다. 제 아들은 비록 나이는 어리지만, 아이가 아닙니다. 용이는 그 누구보다도 용감하고 유능한 사냥꾼입니다."

"백호가 정말 있다고 생각하나? 내 칠십 평생을 이곳에서 살면서 수많은 호랑이들을 보아 왔지만, 백호를 본 적도, 본 사람이 있다는 얘기를 들은 적도 없네."

"……."

"그 있지도 않은 백호를 잡기 위해, 산에 올라가서 호랑이들을 화나게 하려는 건가?"

황 포수가 미리 준비한 듯 대답합니다.

"육발이를 잡아 드리겠습니다. 이곳에 움막을 짓고 머물게 해 주시면, 제가 책임지고 잡아 드리지요."

육발이가 유명하긴 유명한가 봅니다. 타지에서 흘러 들어온 황 포수도 알고 있을 정도니까요. 육발이는 요즘 호랑이마을 사람들과 가축을 공포에 떨게 하는 아주 사나운 호랑이입니다. 발가락이 여섯 개여서 육발이라고 부르지요.

"물론 육발이가 내려와 피해를 주긴 하나, 저 산에는 마을에 내려오지 않고 사람에게 해를 끼치지 않는 짐승들이 아주 많이 살고 있네. 자네가 원하는 백호 한 마리의 가죽을 얻기 위해 산에 올라가 여기저기 덫을 놓고, 짐승들을 닥치는 대로 살생할 생각인가?"

"육발이처럼 마을로 내려와 사람과 가축을 해치는 호랑이가 아니면 살생하지 않겠습니다. 다른 짐승들은 건드리지 않겠습니다. 저의 목표는 오로지 백호뿐입니다. 올겨울, 이곳에서 사냥해 보고 못 잡으면 이 마을을 떠나겠습니다."

황 포수가 나무에 못을 박듯 단호하게 말합니다.

촌장님이 마침내 허락합니다.

"정히 뜻이 그러하다면 그렇게 하게나. 황 포수, 자네가 호랑이 산에서 백호를 찾든 못 찾든 한 가지는 꼭 기억했으면 하네. 호랑이들은 우리가 이곳에 마을을 만들고 정착하기 훨씬 오래전부터 이 산에서 살고 있었네. 누가 주인이고, 누가 객인지 생각해 보게나. 사람에게 해가 된다고, 혹은 조금 불편하다고, 혹은 조금 이득이 생긴다고 닥치는 대로 잡아 죽이면 세상이 어찌 되겠는가? 설령 그것이 사람이 아니라 짐승일지라도 말일세. 세상은 더불어 사는 곳이네. 짐승과 더불어 살지 못하는 사람은 사람과도 더불어 살 수 없는 법이야."

촌장님의 얘기를 듣는지 안 듣는지, 황 포수는 말이 없습니다.

 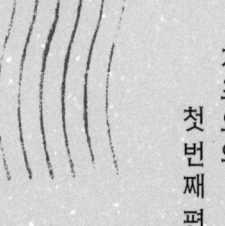

가즈오의 첫 번째 편지

보고 싶은 어머니께

어머니, 저 가즈오입니다. 저와 기요시는 어제 무사히 이곳 오사카에 왔습니다. 밤늦게 도착한 터라 어제는 부대 근처 여관에서 잠을 잤습니다. 기요시가 피곤했던지 자면서 코를 많이 골더군요.

"세상에 안겨 길을 잃지 말고, 세상을 품고 너의 길을 가거라."

사랑하는 어머니, 동경의 기차역에서 저를 떠나보내시며 어머니께서 하신 이 말씀을 꼭 기억하겠습니다. 화가의 길을 가려던 미술학도가 왜 자원해 입대하느냐고 집안 어른들이 말리실 때, 저를 이해해 주신 어머니. 어머니는 이 세상에서 가장 강한 분이십니다.

우리 대일본제국이 대동아공영을 위해 진일보하는 이때, 저 혼자 안온한 대학의 품에 안긴 채 그림을 그리고 있다는 건 도저히 양심이 허락지 않는 일이었습니다. 지난 20년 동안 저를 키워 주신 분은 분명 어머니시지만, 그 20년 동안 저를 품어 준 것은 바로 저의 조국 대일본제국입니다. 이제 저는 어머니의 아들이자 대일본제국의 젊은 일꾼으로서 한몫을 다하고자 합니다. 저에게 대일본제국군의 장교 후보생이 될 수 있도록 이토록 뜨거운 가슴과 건강한 신체를 주신 어머니께 감사드립니다. 꼭 자랑스러운 아들 가즈오가 되도록 노력하겠습니다.

이제 이 글을 마치면, 저는 기요시와 함께 부대로 들어가게 됩니다. 앞으로 70일 동안 열심히 훈련하여 반드시 대일본제국이 필요로 하는 장교로 거듭나도록 하겠습니다. 사랑하는 어머니…… 제가 어디를 가든 어머니는 항상 저의 가슴 가장 깊은 곳에서 웃고 계십니다.

천황 폐하 만세! 대일본제국 만만세!

오사카에서
대일본제국군 소위 후보생
가즈오 마쯔에다 올림

추신: 여관의 작은 창문 밖으로 보이는 오사카의 밤 풍경을 그려 보았습니다.

용이와 순이의 마음

쩍!

황 포수가 어른 몸통만 한 통나무를 비스듬히 세워 놓고 커다란 도끼를 한 번 휘두르니 통나무가 쩍 하고 두 동강이 납니다. 동강 난 통나무 토막을 용이가 한쪽 어깨로 번쩍 짚어져 나릅니다. 용이는 움막을 짓는 내내 일자로 뻗은 입술을 굳게 다문 채, 고된 일에 대한 아무런 불평도 없이 황 포수를 돕습니다. 움막을 짓는 일이 익숙한 듯, 반나절 뚝딱뚝딱 하니 이내 그럴듯한 움막이 올라갑니다. 통나무로 기둥을 삼고, 굵은 나뭇가지로 뼈대를 올리고, 그 위에 짚을 얹은 움막입니다. 마을 사람들은 먼발치에서 구경만 할 뿐, 누구도 선뜻 다가가지 않습니다. 갑자기 마을로 찾아든 객들이 은근히 부담스럽나 봅니다.

아이들이 호기심 반, 장난기 반으로 황 포수 부자의 움막에 갈라 치면, 어른들은 야단을 칩니다. 그 마음도 이해가 갑니다. 왜냐하면 사실 마을 어른들은 호랑이를 잡기보다는 호랑이들과 더불어 살기를 원하기 때문입니다. 그 옛날 임금님과 사냥꾼들이 그랬던 것처럼, 백호를 잡는답시고 행여 산속의 호랑이들을 화나게 하지는 않을까 걱정이 앞서는 것입니다. 지난 몇 년 동안은 이 마을을 방문하는 손님이 없어서 조용히 살았는데, 난데없이 황 포수 부자가 나타나 산으로 가겠다고 하니 이를 반길 마을 사람들은 없었던 것입니다.

물론 요즘도 마을에 내려와 개나 송아지를 물어 가는 호랑이가 없는 건 아닙니다. 특히 몸집이 집채만 한 육발이 이놈은 최근 들어 유달리 자주 마을에 내려와 피해를 입히곤 합니다. 왼발 발가락이 여섯 개라 육발이로 불리는 이 호랑이는 아주 무시무시한 놈이지요. 커다란 발가락이 여섯 개인지라 쇠갈고리처럼 생긴 발톱도 여섯 개, 큰 발을 들어 할퀴면 그 앞에 있는 것이 무엇이든 여섯 개의 큰 구멍이 생기고 맙니다. 또 덩치에 비해 동작은 어찌나 빠른지, 총을 겨누기도 힘들 정도로 번개같이 움직이는 녀석입니다.

육발이는 불과 사나흘 전에도 마을로 내려와 엄대네 집 어미 소를 물어 갔습니다. 엄대네 식구들은 방문을 걸어 잠근 채, 문틈으로 육발이가 어미 소를 물고 울타리를 뛰어넘는 광경을 직접 목격했습니다. 호랑이가 넘지 못하게 올린 그 높은 울타리를 송아지도 아닌 다 자란 어미 소를 물고 훌쩍 뛰어넘은 육발이는 억새밭을 가로질러 깊은 산속으로 유유히 사라졌다고 합니다. 어미 소는 산으로 끌려가면서 계속 울어 댔고, 엄대네 식구들은 육발이가 무서워 방 밖으로 나오지도 못 한 채 어미 소의 울부짖는 소리를 들어야 했답니다. 육발이만 아니면 마을이 지금보다 안전해지겠지만, 그동안 아무도 육발이를 사냥할 엄두를 내지 못했던 게 사실입니다. 동에 번쩍 서에 번쩍 신출귀몰하는 이놈을 잡기 위해 호랑이 산에 오른다는 건 상상할 수 없을 만큼 위험한 일이었고, 마을에 내려와 가축을 물어 가도 워낙에 사나워 잡을 엄두를 내지 못했습니다. 그저 나타나면 피하고, 마주치면 달래면서 조심조심 더불어 사는 수밖에 없을 성싶었습니다.

황 포수네 움막을 자유자재로 드나드는 유일한 사람은 훌쩍이입니다. 황 포수 부자가 호랑이 마을에 온 그 순간부터 훌쩍이는 그림자처럼 용이를 졸졸 따라다니고 있습니다. 그렇다고 해서 용이와 특별히 얘기를 나누는 것도, 장난을 치는 것도 아니지만, 그래도 용이 옆에 있는 게 너무 좋은가 봅니다. 무엇보다도 훌쩍, 훌쩍 하고 흉내 내며 놀리는 엄대 패거리들과는 달리 어른스러워 보이는 용이가 무척이나 마음 든든합니다.

　황 포수 부자가 이 마을에 온 후로, 순이는 줄곧 황 포수 부자에게 저녁밥을 지어 주고 있습니다. 인정 많고 생각이 깊은 촌장님의 뜻이지요. 순이는 매일 하루 일과를 끝내고 노을이 질 무렵이면 저녁밥을 짓습니다. 예전에는 할아버지인 촌장님과 자기가 먹을 밥만 지었는데, 이제는 밥 짓는 양이 세 배로 늘었습니다. 저녁 짓는 때가 되면, 용이는 촌장 댁 마당에 와서 기다립니다. 김이 모락모락 나는 밥 두 사발과 빛깔 고운 여러 가지 산나물 반찬, 집에서 담근 막걸리와 된장 바른 무를 준비하는 순이의 뒷모습을 보기 위해, 용이는 일부러 조금씩 일찍 가서 촌장 댁 마당에 동그마니 서 있곤 합니다. 노을이 빨갛게 지다가 잘 익은 복숭아처럼 노래질 무렵이면 저녁밥이 다 됩니다. 용이는 하루 중 이 시간이 가장 행복합니다. 이 시간만큼은 누구의 간섭도 받지 않고, 어여쁜 순이의 모습을 가까이서 마음껏 볼 수 있기 때문입니다. 밥을 싼 보따리를 건네줄 때 살짝 스치는 순이의 손길에도 깜짝 놀라는 걸 보니, 열두 살 용이의 마음에 처음 느껴 보는 무언가가 움터 자라나고 있는 듯합니다.

　순이도 용이가 좋습니다. 까불거리며 불쌍한 홀쩍이를 괴롭히고 놀리기나 하는 또래의 엄대 패거리에 비해, 신중

하고 어른스러운 용이가 믿음직스러워 보입니다. 하지만 동시에 안쓰럽기도 합니다. 어린 소년답지 않은 외로움이 깊숙이 밴 짙은 눈동자와 거친 손가락 마디마디 박힌 굳은살만 보아도 엄마 없는 용이가 그동안 타지를 돌며 얼마나 힘들게 살아왔을지 어느 정도 짐작이 되니까요. 무엇보다도 조금 있으면 육발이가 살고 있는 저 무시무시한 산으로 올라갈 것이라는 생각에 걱정도 됩니다. 순이는 밥을 기다리는 용이에게 물을 떠 주며 말을 건네보지만, 수줍은 용이의 대답은 언제나 단답형입니다.

"배고프지?"

"아니."

"어제 먹은 김치 맛은 어땠어?"

"맛있었어."

"새로 담근 건데."

"응."

늘 이런 식의 대화가 오고 가는데, 용이는 이것마저도 힘든가 봅니다. 순이와 대화할 때마다 용이의 얼굴은 산머루처럼 새빨갛게 붉어지고, 일자로 굳게 다문 입술은 좀처럼 떨어질 줄을 모릅니다.

훌쩍이의 꿈

 그대로 달포가 흘러갑니다. 황 포수의 일과는 항상 일정합니다. 하루 종일 빛도 안 들어오는 움막에 틀어박혀 총이며 덫 따위를 손질하다가 해가 뉘엿뉘엿 저무는 저녁 무렵이 되면 순이가 지어 준 공짜 밥을 먹고, 막걸리 한 사발에 취해 마을 어귀를 휘적휘적 배회합니다. 백호든 육발이든 호랑이를 잡으러 산에 오를 생각은 도무지 하지 않는 것 같습니다. 한마디로 그냥 놀고먹는 중입니다. 용이는 주로 움막 앞 작은 공터에 앉아 나무를 깎아 이것저것 만들며 하루를 보냅니다. 손재주가 남달리 좋은 용이는 멋진 나무칼을 깎아 훌쩍이에게 선물했답니다. 난생 처음 훌륭한 선물을 받은 훌쩍이가 어디서 났는지 답례로 고구마 말린 것을 한 움큼 얻어다 용이에게 줍니다.

 "용이야, 너 진짜 호랑이 본 적 있어?"

말린 고구마를 우물우물 불려 먹으며 훌쩍이가 묻습니다.

용이는 고개를 끄덕입니다.

"몇 번? 한 번? 두 번?"

용이는 대답 없이 나무를 깎습니다.

"호랑이, 진짜 커? 진짜 집채만 한 호랑이도 봤어?"

용이는 다시금 고개만 끄덕거립니다.

"안 무서웠어?"

"……"

훌쩍이의 질문이 계속 이어집니다.

"나 같으면 되게 무서울 텐데. 호랑이 그거 총 맞으면 진짜 죽어?"

"……"

"몇 발 맞으면 죽어? 열 발? 백 발?"

용이가 대답하지 않자, 훌쩍이는 더 이상 묻지 않습니다.

잠시 후 용이가 침묵을 깨고 대답합니다.

"한 번에……. '왕' 자를 한 번에 맞히면 죽어."

"왕짜? 왕짜가 뭐야?"

"호랑이 이마 정수리에는 '임금 왕' 자 무늬가 새겨져 있거든."

"와, 그렇구나. 너도 왕짜 맞혀 봤어? 기분 좋았겠다."

"불쌍해."

"불쌍하다고? 호랑이가?"

"응."

용이의 말을 이해하지 못하는 훌쩍이가 또 연신 훌쩍거립니다.

훌쩍이가 호랑이 산 우거진 숲 사이를 커다란 엽총을 들고 멋지게 걸어갑니다. 개울가에 비친 자신은 호랑이 가죽으로 만든 외투를 입은 사냥꾼의 모습입니다. 훌쩍이는 더 이상 훌쩍거리지도 않습니다. 보무도 당당하게 걸어가던 훌쩍이는 숲에서 나는 바스락거리는 소리를 놓치지 않고 재빠르게 엽총을 겨눕니다. 아기 사슴 한 마리가 발발 떨고 있네요.

"괜찮아, 아기 사슴아. 난 너를 잡으러 온 게 아니란다."

훌쩍이가 아기 사슴을 안심시키는 바로 그 순간,

어흐흐흥!

아기 사슴 뒤에서 그 무시무시한 육발이가 나타납니다.

그런데 어찌 된 일인지 어흥 하며 포효하는 육발이 앞에서 훌쩍이는 놀라지 않습니다. 오히려 근엄한 목소리로 육발이를 꾸짖습니다.

"잘 만났다, 육발이. 불쌍한 엄대네 어미 소의 원수를 갚아 주겠다!"

육발이가 여섯 개의 발톱을 세우고, 훌쩍이에게 달려들 태세를 갖춥니다. 훌쩍이도 차분하게 엽총을 들어 육발이 정수리의 왕 자를 겨눕니다. 성난 육발이가 풀쩍 뛰어 훌쩍이를 덮칩니다. 훌쩍이가 엽총의 방아쇠를 당깁니다. 그런데 천둥 같은 소리와 함께 총알이 발사되는 대신 총구에서 말린 고구마 한 개가 픽 하고 나옵니다. 달려드는 육발이의 발톱 앞에 당황한 훌쩍이의 눈동자가 달걀만큼 커집니다.

"으아아아악!"

훌쩍이의 비명에 움막 지붕 가에 앉아 졸던 새끼 제비가 깜짝 놀라 파드닥 날아갑니다. 훌쩍이가 낮잠에서 깨어납니다. 용이네 움막 앞에서 나무를 조각하다가 잠이 들었나 봅니다.

"어휴, 다행이다. 어? 순이가 놀러 왔네?"

오세요 종이 울리면

순이가 처음으로 용이네 움막에 놀러 왔습니다. 나무를 조각하는 용이 옆에 서서 구경하고 있네요. 손에는 달걀 세 개를 들고 있습니다. 촌장 댁 암탉들이 막 낳은 따뜻한 달걀입니다. 세 아이는 움막 앞에 나란히 앉아 순이가 가지고 온 달걀을 사이좋게 나누어 먹습니다.

맛난 달걀을 먹고 기분이 좋아진 훌쩍이가 용이와 순이를 어디론가 데리고 갑니다. 어느 누구에게도 가르쳐 주지 않은 자신만의 오래된 비밀 장소이지요. 잘가요 언덕 밑 긴 풀에 가려져 있는 비밀 동굴입니다. 입구에 풀이 우거져 있기에 자세히 보지 않고는 도저히 찾을 수 없는 곳입니다. 우거진 긴 풀들을 들추고 커다란 돌멩이들을 치우자 조그만 굴 입구가 나옵니다.

"여기가, 내 비밀 창고야."

좁은 입구에 비해 굴 안은 아이들 세 명이 넉넉히 앉을 만큼 넓습니다. 다 해졌지만 솜이불도 있고, 베개도 있습니다. 구멍 난 솥단지 안에는 꿀밤이 가득 들어 있습니다.

"용이야, 이것 좀 봐. 너 혹시 이게 뭔지 아니?"

홀쩍이가 자기 머리통보다도 커다란 쇳덩어리를 들어 보입니다. 꽤 무거운지 낑낑대는 홀쩍이의 양손에 조금 더럽지만 아직 녹슬지 않은 노란빛을 잔뜩 머금은 종이 들려 있습니다.

"작년에 마을을 지나가던 나그네 아저씨가 무겁다고 버리고 간 건데, 어디다가 쓰는 물건인지 모르겠어."

용이는 열 살 때, 저 멀리 남쪽 북한산 자락을 지나면서 이것과 비슷한 종을 본 적이 있습니다. 북한산 밑자락의 큰 마을에서 보았는데, 뾰족한 지붕 위에 십자가가 솟아 있는 집의 하얀 벽에 매달려 있었습니다.

땡, 땡.

검정색 옷을 입은 코쟁이 아저씨가 종을 치자 사람들이 그 집으로 하나둘 모여들었습니다. 산속에서만 살아온 용이가 생전 처음 들어 보는 종소리는 마음속으로 울려 퍼지는 것 같았습니다. 아버지 황 포수가 발길을 재촉하는 바람에 다시 산으로 올라야 했지만, 북한산을 넘는 내내 용이의 마음속에는 종소리가 울려 퍼졌습니다.

"이건 종이라는 거야. 이걸 치면 사람들이 모여들어."

"왜? 사람들이 왜 모여들어?"

"몰라. 그냥 모여들어."

"밥 주나? 감자? 헤헤, 달걀 주면 제일 좋겠다."

순이도 생전 처음 보는 종을 조심스레 어루만져 봅니다. 순이의 따뜻하고 작은 손이 차가운 쇠 종에 찰싹 달라붙습니다.

아이들은 이 종을 잘가요 언덕 위 꿀밤나무 가지에 매달기로 했습니다. 용이가 움막으로 뛰어가 밧줄을 구해 옵니다. 그러곤 밧줄 한쪽 끝을 입에 물고, 아름드리 꿀밤나무를 기어오르기 시작합니다. 기어올라가는 동작이 어찌나 빠른지 마치 나무를 잘 타는 표범 같습니다.

"조심해, 용이야."

꿀밤나무 아래에서 용이를 올려다보던 순이가 걱정해 줍니다. 그 소리를 들은 용이 가슴이 콩콩 빠르게 뛰기 시작합니다. 나무 타는 게 무서워서 그러냐고요? 아니요. 용이는 눈 감고도 이 정도 높이의 나무를 탈 수 있습니다. 그런데 용이 가슴이 콩콩콩 더 빠르게 뜁니다. 왜냐고요? 순이가 제 걱정을 해 주기 때문입니다. 용이는 누군가가 자기를 걱정해 주는 것이 이렇게 가슴 설레는 일이라는 걸 오늘에서야 처음 알게 되었습니다.

훌쩍이는 이렇게 나무를 잘 기어오르는 용이가 자기 친구라는 게 자랑스럽습니다.

어른 키 두 배쯤 되는 높이까지 기어올라간 용이가 이번엔 굵은 가지 하나에 올라타더니 앞으로 전진합니다. 그러자 꿀밤나무에서 꿀밤들이 우두둑 떨어집니다.

"아얏!"

잘 익은 꿀밤 한 개가 훌쩍이의 머리 위로 통 하고 떨어집니다. 순이는 꿀밤들을 한 아름 주워 담습니다. 잠시 후, 잘가요 언덕 꿀밤나무 위에 노란 종이 달립니다.

용이는 종을 칠 수 있도록 밧줄을 매달아 땅에서도 손이 닿을 만한 곳까지 늘어뜨려 놓습니다. 아이들은 이 종을 오세요 종이라고 부르기로 했습니다. 종을 치면 사람들이 모인다고 용이가 가르쳐 주었기 때문입니다.

"준비…… 시이작!"

용이와 훌쩍이와 순이가 동시에 밧줄을 잡고 힘차게 흔들기 시작합니다.

댕…… 댕…… 댕…….

종소리가 온 마을에 울려 퍼집니다. 밭을 갈던 사내들도,

아기를 업어 주던 아낙도, 담배 피우던 촌장님도, 억새풀을 물고 가던 새끼 제비도, 잠자던 호랑이도 모두 은은한 종소리를 듣습니다.

"오세요, 어서 오세요."

잘가요 언덕의 오세요 종 소리가 이제 막 노을이 물드는 하늘로 올라갑니다. 그렇게 또 호랑이 마을의 하루가 저물어 갑니다.

눈 덮인 억새밭 사이로

세월이 참 쏜살같습니다. 다시 달포가 지났습니다.

첫눈이 온 세상을 하얗게 덮은 날, 이른 아침부터 마을 사람들이 잘가요 언덕에 모여들기 시작합니다. 어른들은 다시는 황 포수 부자를 볼 수 없을 거라고 수군댑니다. 어떤 이는 동정하고, 어떤 이는 걱정하고, 또 어떤 이는 비아냥거리고, 이 모든 소리가 뒤죽박죽되어 잘가요 언덕에 웅성거리며 퍼집니다.

순이도 촌장님과 함께 잘가요 언덕에 오릅니다. 순이의 손이 빨갛게 얼었습니다. 새벽부터 일어나 황 포수 부자를 위해 먹을거리를 만들어 오는 길입니다. 훌쩍이는 훌쩍거리며 애꿎은 눈을 발로 박박 긁어 봅니다. 꿀밤나무 가지에 매달려 있는, 하얀 눈이 소복하게 쌓인 오세요 종도 오늘만큼은 쳐다보기 싫습니다. 잠시 후, 엽총과 덫을 어깨에 주렁주렁 멘 황 포수와 용이가 나타납니다. 드디어 호랑이 산에 오르는 날이 온 것입니다.

"몸조심하게. 백호를 어느 정도 찾다가 못 찾으면 다시 이리 내려오게."

추운 날씨 탓에 말하는 촌장님 입에서 하얀 입김이 모락모락 피어오릅니다.

"백호를 못 찾으면, 육발이라도 잡아 오겠습니다."

황 포수의 쩌렁쩌렁한 목소리가 차가운 아침 공기를 가릅니다.

용이는 순이에게 하고 싶은 말이 많지만 아무 말도 못합니다. 말만 못 하는 게 아니라, 순이를 똑바로 쳐다보지도 못합니다. 그런 용이에게 순이가 먼저 다가갑니다.

"몸조심해. 이거…… 주먹밥이랑 달걀이랑……. 다시 올 거지?"

"용이야, 돌아올 거지? 그치? 다시 일루 걸어 내려올 거지?"

훌쩍이도 옆에서 끼어듭니다.

용이는 결국 한마디도 못합니다.

'걱정 마, 순이야.'

'다시 올게, 훌쩍아.'

이 두 마디가 가슴에 꽉 차 있지만, 목에 걸려 나오질 않습니다.

 황 포수와 용이가 떠나갑니다. 눈 덮인 억새밭을 휘적휘적 헤치며 호랑이 산으로 올라갑니다. 잘가요 언덕 위에서 마을 사람들이 외칩니다.

 "잘 가요……. 잘 가세요……."

 황 포수와 용이의 뒷모습이 하얀 억새풀 사이에 파묻히기 시작합니다. 이제 용이는 보이지 않고 황 포수의 호랑이 가죽 모자만 보였다 안 보였다 하며 점점 멀어져 갑니다. '잘 가요'를 외치던 마을 사람들도 추운 날씨에 귓불을 비비며 하나둘씩 집으로 돌아갑니다.

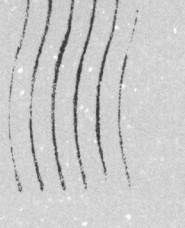

가즈오의 네 번째 편지

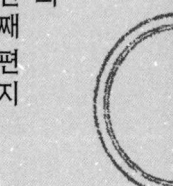

사랑하는 어머니께

어머니, 소위 가즈오 인사 올립니다. 어머니를 마지막으로 뵌 지도 어느새 석 달이 흘렀군요. 어머니, 저는 지금 파도에 흔들리는 배 안에서 이 글을 쓰고 있습니다. 하하하, 놀라셨지요? 네. 맞습니다, 어머니. 조선으로 가는 길입니다. 저희 소대가 속한 부대는 조선에서의 첫 복무 명령을 받았습니다. 미개한 조선인들에게 선진 대일본제국 문화를 가르치며, 이와 동시에 조선을 중국과 러시아로부터 보호하는 것이 저희 부대의 임무입니다.

사실, 조선이라는 조그맣고 보잘것없는 땅덩어리를 노리는 나라는 비단 중국과 러시아뿐만이 아닙니다. 영국, 불란서, 미국 등 서방 열강들 역시 이 나라를 집어삼키기 위해 호시탐탐 기회를 엿보고 있습니다. 어머니를 자주 뵈올 수 있는 동경 근방 부대에 배치되지 않은 것은 섭섭합니다만, 난생 처음 가 보는 조선이라는 나라에 대해 막연한 동경이 생기는 것도 사실입니다.

제가 소학교 시절이었던가요? 어머니와 함께 동경 시장을 가다가 처음으로 조선인을 보았던 기억이 납니다. 맨발에 남루한 옷을 걸치고, 인간인지 짐승인지 구분이 안 갈 정도로 역겨운 냄새를 풍기던 사내아이와 계집애. 조선인 남매가 기억나십니까? 어머니께서 저들이 조선인이라고 말씀해 주셨죠. 시장 바닥에서 개가 물고 가던 돼지 뼈다귀를 빼앗으려다가 오히려 개한테 물려 호되게 당하지 않았습니까? 종아리에 피를 흘리며 우는 여자아이를 보면서 주위에 있던 구경꾼들은 웃었지만, 어머니께서는 저의 손을 끌고 가시며 이렇게 말씀해 주셨죠.

"잘 보거라. 나라가 힘이 없으면 그 나라의 여자들과 아이들이 저렇게 고생하는 법이다."

그때 저에게 해 주신 그 말씀이 제가 대일본제국의 장교가 되는 데 큰 도움을 준 말씀이란 걸 알고 계신가요? 어머니의 뜻을 받들어 더욱더 부강한 대일본제국을 만드는 데 꼭 일조하도록 하겠습니다.

배가 심하게 흔들리네요. 호롱불 밑에 곤하게 잠들어 있는 서른두 명의 저희 소대원들 얼굴이 보입니다. 소대원들 중에는 저보다 열 살 이상 나이가 많은 사람도 있지만, 이들 모두가 제가 거두고 보살펴야 할 저의 자식들입니다. 앞으로 3년간 이들과 함께 조선을 계몽하고, 보호하고, 선도한 후 어머니께 돌아오겠습니다.

어머니, 보고 싶다는 말씀은 드리지 않겠습니다. 어머니는 항상 제 마음속에 계시니까요.

천황 폐하 만세! 대일본제국 만만세!

조선으로 가는 배 안에서

대일본제국군 소위

가즈오 마쯔에다 올림

추신: 잠자는 소대원들을 그려 보았습니다.

순이의 기도

긴 겨울이 지나고 호랑이 마을에 봄이 찾아왔습니다. 온 세상을 하얗게 뒤덮었던 눈은 개울가에 졸졸거리는 물소리를 남긴 채 사라졌고, 잘가요 언덕 너머 호랑이 산 밑자락은 흐드러지게 피어난 연분홍 구름국화꽃들로 마치 불타는 듯합니다. 촌장 댁 담 아래 옹기종기 피어난 노란애기똥풀 위에서 나비 떼가 잔치를 벌입니다. 춤을 추며 형형색색의 옷을 뽐내던 나비들은 새끼 제비가 나타나자 얼른 조용해집니다. 어른들은 다시 밭을 갈고, 엄대 패거리는 새총을 들고 참새를 잡으러 다닙니다. 어이쿠, 새끼 제비도 조심해야 할까요?

"그깟 새총으로 날 잡는다고? 어림없지. 이래 봬도 난 제비인데."

우쭐대는 새끼 제비의 허리 색깔이 제법 붉어졌습니다. 허리가 이렇게 붉어져서 붉은허리제비로 불리나 봅니다. 그런데 신기하게도 몸은 하나도 안 자랐네요. 부지런히 먹어야겠어요. 그나저나 이 새끼 제비는 참 이상합니다. 지난겨울, 백두산의 차디찬 칼바람을 피해 백두산 제비봉에 사는 제비들이 모두 따뜻한 남쪽 나라로 멀리멀리 피난 갔을 때도, 새끼 제비는 따라가지 않고 홀로 이곳 호랑이 마을에 남았습니다. 새끼 제비에게는 남쪽 나라보다 호랑이 마을이 더 따스한 걸까요?

지난겨울 황 포수 부자가 떠난 뒤 마을은 조용해졌답니다. 어른들은 일을 했고, 아이들은 놀았습니다. 엄대 패거리는 다시금 훌쩍이를 놀리는 일로 하루를 보내고 있지요. 용이가 있는 동안에는 훌쩍이를 마음 놓고 놀릴 수 없었거든요.

"훌쩍, 훌쩍, 훌쩍아, 훌쩍여 봐라. 만 번만 더 훌쩍이면 집 나간 엄마가 돌아온단다."

훌쩍이는 더 이상 엄대 패거리를 따라다니지 않습니다. 놀림을 받기 싫어서도 그렇지만, 엄대 패거리랑 노는 것보다 더 중요한 일이 생겼기 때문입니다. 그건 바로 지난겨울 호랑이 산으로 올라간 용이를 기다리는 일입니다. 용이가 떠난 후, 훌쩍이는 눈이 오나 비가 오나, 하루도 빠뜨리지 않고 잘 가요 언덕에 올라 꿀밤나무 아래에 앉아서 용이를 기다렸습니다. 기다리다 심심해지면 풀피리를 불었습니다. 피리 불다 지치면 잠이 들었고, 깨어나면 또 기다렸습니다. 훌쩍이는 용이가 반드시 돌아오리라 믿었습니다. 억새밭 너머 저 호랑이 산에서 늠름한 용이가 성큼성큼 걸어 내려오면, 오세요 종을 힘껏 치리라 마음먹었지요. 훌쩍이는 그렇게 호랑이 산을 바라보며 용이를 기다리다, 해가 지고 어둑해질 무렵이 되면 잘가요 언덕을 내려와 터벅터벅 마을로 돌아갔습니다.

오늘도 바쁜 하루 일과를 마친 순이가 작은 마당에 나와 앉아 밤하늘을 살핍니다. 금모래, 은모래를 잔뜩 뿌려 놓은 듯, 까만 밤하늘에 수많은 별들이 반짝반짝 빛을 발합니다. 순이는 밤하늘을 수놓은 수많은 별들 중에서 엄마별을 재빨리 찾아냅니다. 엄마별은 색깔이 다르거든요. 엄마별은 금색이나 은색이 아닌 따뜻한 색이니까요.

"엄마, 우리 집 울타리 아래에 노란애기똥풀꽃이 많이 피었어요. 잘가요 언덕에는요, 연분홍색 구름국화꽃이 만발했어요. 봄이 오니까 세상이 온통 꽃밭이에요."

엄마별이 반짝거립니다. 엄마가 미소를 짓고 계신가 봅니다.

"아참, 엄마. 엄대네 어미 개가 오늘 아침에 새끼를 여섯 마리나 낳았어요. 예쁜 새끼들이 엄마 개 품에 안긴 채, 눈도 못 뜨고 떨고 있었어요."

엄마별이 다시 반짝거립니다. 이번엔 순이를 쓰다듬어 주고 계신가 봅니다.

재잘재잘 순이의 수다가 계속됩니다. 모두 잠든 시각, 백두산 밤하늘에 떠 있는 엄마별과 이야기를 나누는 이 시간이 순이에게는 하루 중 가장 행복한 때입니다. 가장 높은 곳에 떠서 가장 멀리 바라보고 계시는 엄마에게 순이는 오늘도 기도를 합니다.

오래전 소식이 끊긴, 중국 땅에서 독립운동을 하신다는 아빠를 위해, 건강이 점점 안 좋아지는 할아버지를 위해, 생각나는 모든 사람들을 위해 기도를 하곤 합니다. 그리고 또 한 사람, 열두 살 순이의 마음속 깊숙한 곳에 촘촘히 박혀 버린 그 얼굴, 용이를 위한 기도도 빼놓지 않습니다. 죽었는지 살았는지, 배고프거나 무섭지는 않은지, 아무것도 알 수 없기에 순이가 할 수 있는 일은 기도밖에 없는 듯합니다.

잊지 않고 다시 찾아와 준 봄날, 호랑이 마을은 온통 어수선합니다. 집집마다 겨우내 버텨 준, 억새풀로 엮어 만든 고마운 띠 지붕을 고치는 날이기 때문입니다. 순이가 바쁜 엄마들을 대신해 옆집 여자 아기를 들쳐 업고 뒷집 쌍둥이들을 보살펴 주고 있네요. 훌쩍이는 여느 때와 마찬가지로 잘가요 언덕 꿀밤나무 그늘에 앉아 풀피리를 불고 있습니다.

슈웅…… 휙!

슈슈슈웅…… 휘리리리릭!

훌쩍이의 풀피리 소리에 맞춰, 새끼 제비가 잘가요 언덕 상공에서 공중제비를 돌고 있습니다. 쏜살처럼 하늘로 치솟았다가 갑자기 몸을 반대로 틀어 땅을 향해 곤두박질치듯 곧장 미끄러져 내려오지요. 그러다가 어느 순간 붉은 허리부터 몸통 아래쪽을 왼쪽으로 휙 하고 돌리면 몸이 공중에 뜬 채로 휘리리릭 하고 돈답니다. 제비가 공중에서 이렇게 도는 것을 '공중제비 돈다'고 해요. 새끼 제비는 요즘 공중제비 도는 연습을 열심히 하고 있습니다. 지금은 비록 다섯 번밖에 돌지 못하지만, 앞으로는 더 많이, 더 멋지게 돌 거예요. 왜 이런 걸 연습하느냐고요? 멋있으니까요. 사람들도 이 멋진 모습을 보면 따라 하고 싶어질걸요?

공중으로 치솟아 오르던 새끼 제비가 갑자기 날갯짓을 멈춥니다. 저 아래 호랑이 산 기슭에서 누군가를 발견한 것입니다. 잘가요 언덕에 울려 퍼지던 훌쩍이의 풀피리 소리도 뚝 그칩니다. 훌쩍이도 같은 걸 발견했나 봅니다.

억새밭 너머 호랑이 산 기슭에서 무언가 아지랑이처럼 아물거립니다. 거리가 너무 멀어서 아직은 무엇인지 잘 모르겠습니다. 그 아물거리는 것들이 연분홍색 구름국화꽃밭을 지나, 억새밭을 가로질러 잘가요 언덕 쪽으로 점점 다가옵니다.

멀리 내다볼 수 있는 새끼 제비가 제일 먼저 이들을 알아봅니다. 이윽고 훌쩍이도 이들을 알아봅니다. 멀리 보기 위해 뜬 실눈이 갑자기 두 배로 커집니다. 훌쩍이는 입에 문 풀피리도 내뱉고는 기쁨에 겨워 소리를 지릅니다.

"용이야, 용이야, 용이가 온다!"

훌쩍이는 아름드리 꿀밤나무 가지에 매달린 오세요 종을 힘차게 울립니다.

댕…… 댕…….

'오세요, 어서 오세요.'

맞습니다. 억새밭을 가로질러 호랑이 산에서 내려오는 이들은 다름 아닌 황 포수와 용이입니다. 두 부자가 엽총을 어깨에 메고, 호랑이 가죽 옷을 바람에 휘날리며 위풍당당하게 잘가요 언덕을 향해 걸어옵니다. 지난겨울, 호랑이 산으로 올라갔던 황 포수와 용이가 죽지 않고 살아서 돌아온 것입니다.

1931년 가을, 백두산

2

두 번째 이별

육발이의 최후

 황 포수와 용이가 산에서 내려온 날 밤, 마을 공터에서는 오랜만에 잔치가 벌어졌습니다. 황 포수가 봇짐에서 커다란 호랑이 발 하나를 꺼내 놓습니다. 무지무지하게 큰 그 호랑이 발은 발가락이 여섯 개입니다.
 "우아!"
 "정말 잡았네, 잡았어!"
 "만세! 황 포수 만세! 귀신도 못 잡는다는 육발이를 황 포수가 잡았네!"
 황 포수를 둘러싼 마을 사람들이 하나같이 환호성을 지릅니다. 지난 수개월 동안 호랑이 마을 사람들을 공포에 떨게 했던 사나운 육발이를 황 포수가 잡고야 만 것입니다. 마을 사람들은 육발이를 잡은 황 포수와 용이를 번갈아 가며 칭찬합니다.

"그래, 백호도…… 찾았는가?"

벌써 얼큰하게 술이 오른 엄대 아버지가 막걸리 한 사발을 권하며 황 포수에게 묻습니다. 황 포수는 침묵으로 대답을 대신합니다.

마을 공터에서 잔치가 한창일 때, 용이와 순이는 촌장 댁 작은 마당에 나란히 앉아, 밤하늘을 바라보며 그간의 이야기를 대신합니다. 백두산 밤하늘을 가득 채운 은하수가 임금님이 풀어 놓은 비단 목도리처럼 찬란하게 빛납니다.

"무사히 돌아와서 정말 다행이야."

순이가 먼저 입을 뗍니다.

"……"

용이는 예전처럼 아무 말도 하지 못합니다.

"더구나 무서운 육발이까지 잡아 오다니 참 다행이야."

순이가 계속 말합니다.

"정말 신기하고 대단한 일이야. 어른들이 육발이는 잡히지 않는 귀신 같은 호랑이라 그랬거든."

"……"

"용이 너도 있었니? 육발이랑 마주쳤을 때?"

"응."

"세상에, 얼마나 무서웠을까."

"새끼가 있었어. 한 마리……."

놀란 순이가 용이를 바라보자, 용이가 드문드문 말을 잇습니다.

"그래서…… 강했던 거야……. 새끼가 기다리고 있으니까……."

"그럼, 육발이가…… 엄마 호랑이였어?"

"응, 엄마였어."

"어쩜…… 그랬구나."

순이는 '엄마'란 말에 무섭던 육발이가 갑자기 가여워집니다.

"호랑이는 한 배에 새끼를 두어 마리 정도 낳아."

용이의 말이 아직 끝나지 않았군요. 순이에게 무언가 더 이야기해 주려고 합니다.

"그런데 새끼가 한 마리밖에 없었어. 그게 육발이한테는 마지막 남은 새끼였어."

"그럼, 나머지 새끼들은?"

순이는 새끼들에게 무슨 일이 벌어졌는지 짐작이 갔지만, 자신의 짐작이 틀렸기를 바라며 물어봅니다.

"무슨 일이 있었는지는 모르지만, 육발이는 새끼들을 여럿 잃고…… 살아남은 한 마리만 기르고 있었어."

슬픈지, 안 슬픈지, 잠잠히 말하는 용이의 표정만으로는 알 수가 없네요. 순이의 커다란 눈망울에 그새 그렁그렁 눈물이 맺힙니다.

일주일 전, 백호를 찾아 마지막으로 한 번 더 호랑이 산 숲속을 헤매던 황 포수와 용이는 육발이의 냄새를 맡았습니다. 바람에 실려 오는 호랑이 털의 미세한 냄새는 포수들 중에서도 몇 안 되는 유능한 포수들만 맡을 수 있습니다. 냄새를 쫓아가니 여섯 개의 상처가 난 가문비나무가 나왔고, 나무 밑둥으로 발가락이 여섯 개인 커다란 발자국이 보였습니다. 두 사람은 조용히 발자국을 따라갔습니다. 황 포수와 용이를 발견한 육발이는 누런 이빨을 드러내고 발톱을 세웠습니다. 황 포수는 천천히 엽총에 총알 한 발을 장전했습니다. 만일의 사태를 대비해서 용이도 엽총에 총알을 장전했습니다. 흥분한 육발이는 커다란 발을 치켜세우고 황 포수와 용이에게 달려들었으나, 육발이의 발톱이 닿기 전에 황 포수의 엽총이 먼저 불을 뿜었고, 총알은 육발이의 정수리에 난 왕 자에 정확히 박혔습니다.

서걱, 서걱.

황 포수가 날카로운 칼로 커다란 육발이의 발을 자르는데, 근처 수풀 속에서 새끼 호랑이 한 마리가 기어 나왔습니다. 황 포수의 기세에 눌린 새끼 호랑이는 가까이 다가오지 못한 채, 발이 잘려 나가는 제 어미를 보며 깨앵, 깨앵 구슬프게 울어 댔습니다. 마을에 내려와 가축을 해치던 무서운 육발이의 발이 새끼 호랑이에게는 따스한 엄마 발이었나 봅니다.

"새끼 호랑이도 엄마 따라 발가락이 여섯 개였어."

"세상에, 새끼도 육발이라니. 그럼 그 새끼 호랑이는 어떻게 됐어?"

"아버지가 새끼도 어미처럼 난폭한 호랑이로 자랄 거라면서 죽이라고 하셨어."

"……."

이번에는 순이가 침묵합니다.

"죽였다고 거짓말했어. 나더러 죽이라고 하셨는데…… 새끼 호랑이의 눈을 보니 도저히 그럴 수 없어서 아버지 몰래 보내 줬어."

순이가 안도의 숨을 내쉽니다. 새끼 호랑이를 죽이지 않은 용이가 고맙습니다.

"하지만 오래 살지는 못할 거야. 엄마 잃은 새끼 호랑이는 혼자 살아남기 어렵거든."

엄마별을 찾아서

 엄마 잃은 자식과 자식 잃은 엄마, 누가 더 슬플까요? 누가 더 슬픈지 알 수는 없지만, 용이와 순이는 지금 이 순간만큼은 새끼 잃은 엄마 호랑이의 마음을 헤아릴 수 있을 것 같습니다.

 용이와 순이가 말없이 밤하늘을 올려다봅니다.

 누군가 밤하늘을 종이 삼아, 갖가지 모양의 별들을 수놓았네요. 잘 보면 거기엔 큰 곰도 있고, 독수리도 있고, 거문고도, 국자 모양도 보입니다. 국자 모양을 한 일곱 개의 칠성별과 제일 반짝이는 북극별 사이에서 아주 작은 별 하나가 깜빡입니다. 다른 별들에 비해 너무 작아서 주의 깊게 보아야만 찾을 수 있습니다. 보일 듯 말 듯 희미하지만, 노르스름한 별 하나가 분명히 있습니다.

 크고 밝은 별들 사이에 떠 있는 희미한 별 하나를 가리키며 순이가 묻습니다.

"용이야, 저기 저 노란 별 보이니? 난 저 별을 엄마별이라고 불러. 엄마가 거기에 살거든."

용이는 순이가 가리키는 대로 바라봅니다. 용이가 보는 밤하늘에는 수없이 많은 별들이 똑같이 반짝거립니다. 순이가 어떤 별을 가리키는지 알 수가 없습니다.

"어느 별?"

"저기, 칠성별이랑 북극별 사이에서 희미하게 깜빡이는 노란 별. 제일 따뜻해 보이는 별."

순이의 눈에는 따뜻한 별이 바로 보이는데, 용이의 눈에는 보이지 않나 봅니다.

"어디? 어떤 별이 제일 따뜻한 별인데?"

순이는 자신에게는 보이는 엄마별을 보지 못하는 용이가 안타깝습니다.

"난…… 정말 안 보여. 어느 별이 따뜻한 별인지…… 모르겠어."

고개를 떨구며 말하는 용이의 귓불이 빨개집니다. 못 찾으니 미안해집니다. 어쩌면 용이는 어느 별이 따뜻한지 모르는 게 아니라, 따뜻함이 무엇인지 잊어버렸을지도 모릅니다. 엄마 품에 안겼던 기억이 오래전 지워진 것처럼 엄마 품의 따스함도 잊었나 봅니다.

"우리 엄마가 병으로 돌아가시기 전에 그러셨어. 자식보다 먼저 세상을 떠난 엄마의 영혼은 별이 되어 자신의 아이를 지켜본다고. 사랑하는 아이를 따뜻한 별빛으로 돌보아 주는 거라고……. 언젠가 아이도 엄마별로 오게 되면, 다시 만난 엄마와 아이는 영원히 헤어지지 않고 함께할 거라고."

순이가 엄마별을 보지 못하는 용이에게 마음이 쓰여 엄마별에 대해서 얘기해 주네요. 조근조근 얘기하는 순이의 모습이 마치 다정한 엄마 같습니다.

잠시 머뭇거리던 용이가 말을 잇습니다.

"엄마별이 있다고 해도, 우리 엄마는…… 못 가셨을 거야. 백호한테 물려 가셨거든. 아빠가 그랬어. 엄마를 물어 간 그놈을 잡아서 흰 가죽에 내 눈물을 떨어뜨려야 한대. 반드시 복수해야만 그제야 엄마의 영혼이 자유로워질 거래."

용이의 엄마는 백호에게 물려 갔습니다. 세상에 태어난 지 1년도 채 안 된 여동생도 엄마 등에 업힌 채 함께 물려 갔습니다. 뒤늦게 달려온 황 포수와 용이는 엄마와 여동생이 물려 가는 모습을 먼발치에서 바라보았습니다. 그 호랑이는 눈처럼 새하얀 털을 가진 백호였습니다. 멀어져 가는 백호를 향해서 엽총을 쏘아 댔지만, 황 포수의 엽총은 그날따라 심하게 흔들렸습니다. 작은 호미 하나 움켜쥐고 백호를 향해 내달리던 용이도 돌부리에 걸려 넘어지고 말았습니다. 지난 4년 동안 황 포수와 용이는 엄마를 물어 간 백호를 찾아 복수하기 위해 백두대간을 헤매고 다녔던 것입니다.

용이 엄마의 얘기를 들은 순이의 눈에 다시금 눈물이 맺힙니다.

"엄마별은 억지로 띄우는 게 아니라, 원래부터 떠 있는 거래. 엄마별은 찾으려는 마음이 있는 사람의 밤하늘에 떠오르고, 한 번 떠오르면 영원히 지지 않는대. 낮이 되어 밤하늘이 없어져도 엄마별은 지지 않는대. 잠시 보이지 않을 뿐, 늘 그 자리에 있대."

용이는 엄마별은 원래부터 밤하늘에 떠 있는 거라는 순이의 말을 이해할 수 없습니다. 왜냐하면 아무리 눈 씻고 밤하늘을 찾아봐도 용이의 눈에는 엄마별이 보이지 않기 때문입니다. 보이지도 않고, 만질 수도 없는 엄마별이 저 밤하늘 어딘가에서 자신을 돌보아 주고 있다는 것을 도무지 믿을 수 없습니다. 용이는 순이의 말을 다 이해할 순 없지만, 그래도 순이가 좋습니다. 순이의 얼굴이 이제는 잊어버린 엄마의 얼굴을 닮은 듯합니다. 그래서 한참을 생각하다 약속하듯 대답합니다.

"그럼, 나는 꼭 백호를 잡아 복수해서 너희 엄마별 옆에 우리 엄마별을 띄울게."

그 말을 들은 순이가 옅은 미소를 띠우며 말합니다.

"용이야, 언젠가 우리가 어디에 있든지 같은 엄마별을 바라볼 수 있다면 좋겠다."

두 아이가 다시 물끄러미 밤하늘을 바라봅니다. 엄마별의 따뜻한 노란빛이 두 아이를 포근히 감싸 줍니다.

황 포수와 용이가 육발이를 잡아 산에서 내려온 뒤로 호랑이 마을은 활기를 되찾았습니다. 오랜 세월 동안 집과 집 사이를 가로막았던 높은 울타리들이 마침내 모두 허물어졌습니다. 이제는 해가 지는 저녁 무렵까지도 아이들이 밖에서 뛰어놀 수 있게 되었습니다. 어른들은 예전처럼 호랑이 걱정을 하지 않고 들에서, 산기슭 층계 논에서 마음 놓고 농사를 지을 수 있게 되었습니다. 마을 사람들은 용감한 황 포수와 용이가 마을을 지켜 주는 용사라며 입을 모아 칭송합니다. 지난 초겨울 황 포수 부자를 대하던 모습과는 사뭇 달라졌습니다. 이 집, 저 집에서 앞다퉈 음식을 해서 날라다 줍니다. 황 포수와 용이의 빨래를 해 주겠다고 자청하는 아낙들까지 생겨났습니다.

마을 사람들은 용감한 황 포수 부자가 당분간 떠나지 않고 마을에 계속 살기를 바랐습니다. 그들이 있는 한, 더 이상 호랑이를 걱정할 필요가 없기 때문입니다. 황 포수와 용이는 호랑이 마을에서 특별 대우를 받는 손님이 된 것입니다.

훌쩍이는 우쭐해서 용이를 따라다닙니다. 엄대 패거리는 우쭐대는 훌쩍이가 얄밉지만, 늠름한 용이가 무서워 마음속으로만 질투할 뿐입니다. 엄대 패거리는 훌쩍이뿐 아니라 용이까지도 미워하게 됩니다. 무슨 잘못이라도 할라치면, 어른들이 용이를 빗대어 자신들을 꾸짖기 때문입니다.

"너희들, 용이한테 형님이라고 불러라."

어른들에게 이렇게 면박을 들은 날이면 용이와 훌쩍이가 더욱 얄밉습니다. 자존심이 있는 대로 상한 엄대는 틈만 나면 아이들에게 말합니다.

"나도 총만 있으면 육발이 잡을 수 있어. 용이만 할 수 있는 게 아니야. 난 호랑이 더 많이 잡을 수 있단 말이야."

"맞아, 맞아. 황 포수랑 용이 녀석이 들고 다니는 큰 총만 있으면 우리 엄대 대장은 육발이보다 훨씬 더 큰 호랑이도 잡을 수 있을 거야!"

엄대를 대장처럼 모시며 따라다니는 개똥이와 칠득이도 엄대 말이 맞다며 고개를 끄덕입니다.

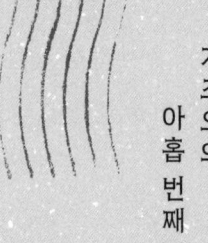

가즈오의 아홉 번째 편지

사랑하는 어머니께

어머니, 편지에 홀로 헛간을 고치셨다는 소식에 많이 괴로웠습니다. 다리가 불편하신 어머니께 무거운 짐을 지게 해 드리고, 저 혼자만 대의명분을 찾고 있는 게 아닌가 자책하게 됩니다. 어머니, 죄송합니다. 제가 일본에 있었다면 한걸음에 달려가서 도와드렸을 텐데, 얼마나 힘드십니까. 조국이 저에게 준 임무를 완수하는 대로 어머니께로 돌아가도록 하겠습니다.

제가 조선에 온 지도 벌써 석 달이 되어 갑니다. 저희 소대는 아직까지 특별한 계몽 활동을 시작하지는 않은 채 현재 총독부의 외곽 경비를 맡고 있습니다. 조선에 체류 중인 일본인들을 보호하고, 조선총독부의 원활한 활동을 돕기 위해서입니다. 아직 무엇이 무엇인지 잘 모르는 터라, 상부에서 시키는 일만 하고 있습니다.

어머니, 오늘은 오랜만에 시장에 나가 보았습니다. 풍족한 동경 시장에 비해 물건은 터무니없이 부족했지만, 조심스러우면서도 활기찬 조선인들의 표정에서 어려운 삶을 헤쳐 나가려는 강한 의지를 엿볼 수 있었습니다. 예전에 일본에서 보았던 조선인들과는 많이 다르다는 느낌을 받았습니다. 옛날 동경 시장에서 뼈다귀 때문에 개한테 물린 거지 남매를 보았을 때는 '과연 저들이 나와 같은 대우를 받아야 할 인간인가?' 하는 생각이 들었습니다만, 조선에 와서 마주치는 한 사람, 한 사람에게서는 우리와 같은 '사람의 향기'가 풍겨 나옴을 느낍니다.

어쨌든 저는 대일본제국군 장교로서 조국이 저에게 요구하는 임무를 충실히 수행하고 돌아가도록 하겠습니다. 어머니, 이제 2년 반 남았습니다. 2년 반 후에는 일본으로 돌아가 어머니의 아픈 발이 되어 드리겠습니다. 그때까지 안녕히 계십시오. 사랑합니다.

오늘 시장에서 본, 아기 업고 가는 아낙을 그려 보았습니다. 어머니 생각이 더욱 간절히 났습니다. 보고 싶은 어머니께 보냅니다.

대일본제국, 만세! 천황 폐하, 만만세!

대일본제국군 소위

가즈오 마쯔에다 올림

목각 인형

　호랑이 마을로부터 한나절을 걸어 백두산에서 가장 높은 장대봉을 넘어가면, 반대편 기슭에 호랑이 마을보다 훨씬 커다란 마을이 나옵니다. 붉은 우산대처럼 하늘로 뻗은 붉은소나무 숲에 에워싸인 이 마을은 이름도 붉은소나무 마을입니다. 백두산으로 관광 오거나 사냥하러 오는 일본인들이 머물다 가는 곳이지요.

　붉은소나무 마을에 머무는 일본인들에게 산삼을 팔러 갔다가 돌아온 심마니 구씨가 이른 아침부터 소식을 가져왔습니다. 그 마을에 타지에서 온 호랑이 포수 한 무리가 머물고 있다는 것입니다. 포수들은 무릎까지 오는 긴 장화를 신고 사나운 사냥개를 여러 마리 앞세운 일본 사람들과 함께 왔다고 합니다. 한눈에도 호랑이 가죽을 노린 장사꾼들임을 알 수 있었다고 합니다.

혹시라도 백호 소식을 들을 수 있을까 기대하며 황 포수는 포수들이 머물고 있는 붉은소나무 마을에 다녀오기로 마음먹습니다. 장대봉을 넘어 빠른 걸음으로 가는 데 한나절, 그들을 만나 잠시 이야기하고 돌아오면 꼬박 하루가 걸리는 일정입니다. 큰 총과 짐을 지고 가면 더 오래 걸릴 것이기에 황 포수는 빈 몸으로 휑하니 하루 만에 다녀올 심산입니다. 길을 떠나기 전, 황 포수는 용이에게 움막 근처를 절대로 떠나지 말라고 신신당부합니다. 황 포수의 움막은 무기 창고나 다름 없습니다. 우선 황 포수의 손때가 묻은 큰 엽총이 두 자루 있고, 용이의 엽총도 있습니다. 호랑이의 숨통을 끊거나 가죽을 벗길 때 쓰는, 허리에 차면 거의 발목까지 내려올 만큼 크면서도 예리한 칼 세 자루 그리고 오랜 세월 동안 황 포수의 거친 손을 타서 끝이 반질반질해진 쇠꼬챙이들을 주렁주렁 엮어 만든 날카로운 호랑이 덫들도 있습니다.

황 포수는 아침 해가 뜨자마자 붉은소나무 마을로 발길을 재촉합니다. 용이는 움막 앞마당에 앉아 목각 인형을 깎습니다. 어릴 때부터 친구 없이 자란 용이의 유일한 취미는 목각 인형 만들기입니다. 사각사각 나무를 썰 때 나는 소리가 용이에게는 재미난 이야기만큼이나 듣기 좋습니다. 아침 먹고 느지막이 나타난 훌쩍이가 말린 고구마를 한 움큼 가져왔습니다. 둘은 말린 고구마를 입에 넣고 천천히 불려 먹으며 나란히 앉아 목각 인형을 깎습니다. 용이는 아기 업은 엄마를 만듭니다. 동생 업은 엄마 모습 같기도 하고, 아기 업은 순이 모습 같기도 합니다. 훌쩍이는 뭘 만드는지 알 수가 없네요. 말이 없는 용이와 말을 더듬는 훌쩍이 둘만 있으니, 서로 할 말이 별로 없습니다. 말을 하지 않아도 둘은 같이 있는 것만으로도 즐겁습니다. 한낮의 태양이 떠올라 용이가 깎는 목각 인형의 등에 아이가 업힐 때까지도 둘은 나무를 깎아 나갑니다. 사방이 조용한 가운데 사각사각 소리와 훌쩍이의 코 훌쩍이는 소리만 들려올 뿐입니다.

"용이야."

때마침 빈 지게를 짊어진 순이가 용이네 움막에 들렀네요. 용이는 깎고 있던 목각 인형을 얼른 등 뒤로 감춥니다. 순이는 아직 따스함이 가시지 않은 달걀 두 알을 내밉니다.

"금방 낳은 거야."

훌쩍이가 냉큼 달걀을 두 개 다 집어 듭니다.

"훌쩍아, 한 개는 너 먹고 한 개는 용이 줘."

그 말에 훌쩍이는 양손의 달걀을 번갈아 보며 어떤 게 더 큰지 가늠해 봅니다.

"나무하러 가는 길이니?"

용이가 수줍게 순이에게 묻습니다.

"응."

"어…… 저기…… 아버지랑 산에 갔을 때 보아 둔 곳이 있는데, 거기 가면 쓸 만한 나무들이 참 많은데……."

"어디? 어떻게 가야 하는데?"

"잘가요 언덕에서 억새밭을 지나 조금 올라가다가……."

"같이 갈래?"

순이가 용이의 말을 끊고 묻습니다. 용이의 얼굴은 벌써 귀밑까지 진달래처럼 빨갛습니다.

"나도 갈래."

훌쩍이가 말합니다.

"훌쩍아, 너 나 대신 움막 좀 지켜 줄래? 순이랑 얼른 다녀올게."

용이가 훌쩍이에게 말합니다.

"싫어, 나도 갈래."

"그럼 네가 달걀 두 개 다 먹어. 먹으면서 여기서 조금만 기다려 줘."

이번엔 용이가 부탁하듯 말합니다.

훌쩍이가 다시금 양손에 쥔 달걀을 번갈아 바라봅니다. 용이는 얼른 순이의 등에서 지게를 받아 짊어집니다.

"용이야, 순이야, 얼른 다녀와야 해."
"고마워, 훌쩍아. 얼른 다녀올게. 움막을 부탁해."

들꽃밭의 약속

 빈 지게를 짊어진 용이와 순이가 움막을 떠나 잘가요 언덕 쪽으로 걸어갑니다. 두 아이의 뒷모습이 사라지기 무섭게, 움막 주변 수풀 속에서 쟁반 같은 얼굴 세 개가 톡톡톡 튀어나옵니다.

 엄대와 개똥이와 칠득이입니다.

 "진짜야? 진짜 움막 안에 황 포수도 없어?"

 움막 앞에 앉아 달걀을 먹는 훌쩍이를 바라보며 엄대가 개똥이에게 확인하듯 묻습니다.

 "진짜야. 심마니 구씨 아저씨가 우리 아버지한테 하는 말을 들었다니까. 황 포수는 아침 일찍 붉은소나무 마을에 갔대. 밤늦게나 되어야 돌아올 거래."

 대장님한테 보고하는 졸병처럼, 개똥이는 쩔쩔매며 대답합니다. 이야기를 듣는 엄대의 얼굴이 심술궂은 반가움으로 환해집니다. 이윽고 엄대와 아이들이 홀쩍이가 홀로 지키는 움막을 향해 슬금슬금 움직이기 시작합니다.

한편, 황 포수는 붉은소나무 마을에 벌써 도착했습니다. 보통 사람 같으면 한나절 걸릴 거리를 반나절 만에 온 것입니다. 마을의 커다란 공터에는 갓 잡아온 듯, 온기가 채 가시지 않은 호랑이와 표범의 사체가 뒹굴고 있습니다. 이마가 유달리 좁은 장 포수와 나이 많은 허 포수가 날카로운 칼을 들고 표범 가죽을 막 벗기려 하는 참입니다. 긴 장화를 신고, 가죽 모자를 쓰고, 선글라스를 낀 채 멋을 한껏 낸 일본 사람 셋이 호랑이 사체 옆에서 기념사진을 찍고 있네요. 마치 자기가 잡은 것처럼 우쭐대면서 여러 가지 모습으로 사진을 찍는군요. 마을 아이들이 둘러서서 그 모습을 구경합니다.

40년째 포수 노릇을 하고 있는 늙은 허 포수가 황 포수를 알아보네요.

"황 포수, 진짜 오랜만일세. 백호는 찾았는가?"

"아직……. 혹시 본 사람이 있나 해서 들렀습니다."

황 포수가 묵직하게 대답합니다.

"러시아 국경 너머 시베리아라면 모를까, 백두산에서 백호를 봤다는 사람은 만나 보지를 못했네."

"……"

허 포수가 미안한 듯 말합니다.

"혹시라도 백호 소식을 들으면 내 자네에게 꼭 알려 주지."

표범 가죽을 벗기느라 양손에 피를 잔뜩 묻힌 장 포수가 돌아서는 황 포수를 향해 내뱉듯 말합니다.

"거 나중에 백호랑이 잡게 되면 혼자 팔아먹지 말고 나한테도 좀 알려 주쇼. 백호랑이 가죽은 부르는 게 값일 텐데, 같이 먹고삽시다."

장 포수는 좁은 이마를 씰룩거리며 멀어져 가는 황 포수를 비웃습니다. 비웃는 소리를 들었는지 못 들었는지 황 포수는 무거운 발걸음을 힘주어 옮깁니다.

"이상하다. 용이랑 애들이 다 어디 갔지?"

제비봉 쪽에서 날아온 새끼 제비가 혼잣말을 하네요. 제비봉은 천지를 지키고 있는 열여섯 개의 백두산 봉우리 중 하나랍니다. 이름에서 짐작할 수 있듯이 제비봉은 새끼 제비의 고향집입니다. 호랑이 마을에 사는 새끼 제비는 친구들이 보고 싶어질 때면 얼른 날아서 제비봉에 다녀오곤 하지요. 방금 전까지도 따뜻한 남쪽에서 다시 날아온 제비 친구들과 제비봉에서 만나 수다를 떨고 오는 길이랍니다.

움막 위 상공에 떠 있는 새끼 제비의 시야에 텅 빈 움막 마당이 들어옵니다. 매일 이맘때면 마당에 앉아 나무 조각에 열중하던 용이도, 용이 곁에 그림자처럼 붙어 있던 훌쩍이도 오늘은 보이지 않습니다. 더군다나 주인 없는 움막인 양, 움막 문이 활짝 열려 있네요. 어떻게 된 걸까요? 문득 새끼 제비의 환한 눈에 저 멀리 잘가요 언덕에서 호랑이 산으로 겁도 없이 성큼성큼 움직이는 아이들의 모습이 보입니다. 새끼 제비가 있는 힘껏 날갯짓을 해, 휘리릭 날쌔게 공기를 가르며 미끄러져 나갑니다. 순식간에 잘가요 언덕 상공에 도착한 새끼 제비는 아래에서 벌어지는 광경을 보고 깜짝 놀랍니다.

"엄마야, 쟤들 뭐야? 이게 어떻게 된 일이야?"

새끼 제비가 바라본 그곳에는 용이의 긴 엽총을 둘러멘 엄대와 아이들이 억새밭을 가로질러 호랑이 산을 향해 이동하고 있습니다.

순이 혼자 하면 반나절은 걸릴 나무 한 짐을 용이는 밥 한 사발 먹을 만큼 짧은 시간에 뚝딱 해치워 버렸습니다. 커다란 나무 지게를 진 용이가 지난겨울에 봐 두었던 좁은 계곡 아래의 아름다운 폭포로 순이를 안내합니다. 폭포를 따라 생긴 개울에는 갖가지 민물고기들이 노닐고 있습니다.

물이 너무나 깨끗하고 투명해서 열 길 물속까지 다 들여다보이는군요. 물 한 모금 마시고 잠시 발을 담갔던 용이와 순이는 개울 끄트머리의 작은 언덕으로 올라갑니다.

"순이야, 눈 좀 감아 볼래?"

작은 언덕을 넘기 직전에 용이가 순이에게 말합니다.

순이는 궁금하지만 용이의 말대로 두 눈을 꼭 감습니다. 용이는 순이의 손을 살며시 잡고, 순이를 인도해 작은 언덕을 넘습니다.

"이제 눈 떠도 돼."

용이가 수줍게 말합니다.

"어머나!"

순이의 눈앞에 울긋불긋한 들꽃밭이 거짓말처럼 끝도 없이 펼쳐져 있습니다. 새하얀 박새꽃, 진분홍 털개꽃, 연분홍 구름국화꽃, 노란 애기금매화, 자줏빛 두메자운. 갖가지 들꽃들이 세상의 모든 색깔을 담은 듯합니다. 형형색색의 들꽃들이 풍기는 꽃향기로 가득한 이곳은 마치 천국 같습니다. 호랑이 마을에서 태어나 줄곧 이곳에서 살아온 순이도 가까운 곳에 이렇게 아름다운 들꽃 천지가 있는 줄은 몰랐습니다.

"어쩜, 여기는 꼭 천국 같다."

순이는 말로 표현할 수 없는 아름다운 풍경에 넋을 잃습니다. 용이는 어느새 지게를 내려놓고 갖가지 색깔의 들꽃을 땁니다. 잠시 후, 순이의 품에 세상에서 가장 아름다운 꽃다발이 안겨집니다. 순이는 벅차오르는 기쁨에 눈물까지 글썽입니다.

"너무 예쁘다. 고마워, 용이야."

용이는 희미하게 웃습니다. 들꽃밭 끝자락으로 해가 뉘엿뉘엿 넘어갑니다.

"훌쩍이가 오래 기다렸겠다. 이제 내려가자."

순이가 생각난 듯 말합니다.

"응, 지름길이 있으니 금방 갈 수 있어."

"용이야, 나 여기 또 데려올 수 있지?"

이곳을 떠나기 싫은 순이가 묻습니다.

"응, 물론이지."

똑같은 마음인 용이가 대답합니다.

"그럼 우리 여기 또 오자."

"그래, 꼭 다시 오자."

용이는 나무를 가득 쟁인 커다란 지게를 번쩍 짊어집니다. 용이가 만들어 준 들꽃다발을 한 아름 안은 순이의 얼굴에 모처럼 웃음이 가득합니다.

쒸이이이익!

저 멀리서 새끼 제비가 급하게 날아옵니다. 용이와 순이에게 엄청난 소식을 전해 주러 왔지만, 새끼 제비는 사람에게 말을 전하지 못하니 아이들 머리 위에서 빙글빙글 돌기만 합니다.

온종일 따뜻한 빛을 비춰 주던 해는 골짜기 너머로 서서히 얼굴을 감추고, 백두산 자락에 긴 밤이 찾아옵니다. 내일 아침이면 다시 해가 뜨겠지요. 하지만 행복한 두 아이에게 내일 뜨는 해는 오늘과는 다른 얼굴을 하고 있을 것만 같습니다.

용이가 순이를 촌장 댁에 바래다주고 움막에 돌아왔을 때는 벌써 사방이 어두워진 뒤입니다. 문이 활짝 열린 움막을 발견한 용이는 무슨 일이 벌어졌는지 직감으로 알아차립니다. 열린 문 사이로 어두컴컴한 움막 안에서 희미한 흐느낌이 새어 나옵니다.

"으…… 으……. 으으……"

돌아오지 않는 아이들

 용이가 급하게 움막 안으로 들어가 보니 훌쩍이가 천장을 받치는 통나무 기둥에 묶인 채 울고 있습니다. 얼마나 오랫동안 울었으면, 쪼그라든 훌쩍이의 얼굴이 눈물, 콧물, 코피로 범벅입니다.
 "훌쩍아!"
 놀란 용이가 얼른 달려와 훌쩍이를 묶은 노끈을 풀어 줍니다.
 "훌쩍아, 어떻게 된 거야? 응? 누가 이랬어?"
 얼굴이 엉망진창이 된 훌쩍이가 울먹이며 간신히 말합니다.
 "엄대랑……엉엉……. 애, 애들이 와서…… 엉엉……. 움막에 들어가면 안 된다고 내가 막았는데, 엄대가 내 코를 때리고, 문 열고 들어와서…… 자기가 용이 너보다 더 용감하다고……. 자기네들도 호랑이 잡을 수 있다고……. 총만 있으면 잡을 수 있다고 하면서…… 나를 묶어 놓고…….."

용이는 무기가 있던 자리로 시선을 돌립니다. 커다란 황 포수의 엽총 두 자루는 그대로 있습니다. 그런데 그 옆에 놓여 있어야 할, 반짝반짝 잘 닦인 용이의 엽총이 보이지 않습니다.

늦은 밤, 먼 길에 지친 황 포수가 피곤한 몸을 이끌고 호랑이 마을로 돌아오니, 마을 사람들이 촌장 댁 마당에 모여 있습니다. 사람들이 손에 든 횃불 덕에 촌장 댁 마당은 대낮처럼 환합니다. 황 포수가 촌장 댁 사립문을 열고 들어가니 산으로 올라간 아이들의 부모들이 비통하게 울고 있습니다. 그리고 마당 한복판에는 꿇어앉은 용이의 모습이 보입니다. 용이는 미동도 하지 않은 채 고개를 수그리고 있습니다. 무릎 꿇은 용이 옆으로는 훌쩍이와 순이가 울며 서 있습니다. 엄대 아버지가 달려와 황 포수의 옷깃을 부여잡고 절규합니다.

"황 포수, 우리 엄대 좀 찾아 줘. 엄대 좀 살려 줘!"

무슨 영문인지 몰라 멀뚱하게 서 있는 황 포수에게 촌장님이 말합니다.

"아이들이 호랑이를 잡으러 간다며 총을 들고 호랑이 산으로 올라갔다네."

"언제…… 갔습니까?"

황 포수가 겨우겨우 묻습니다.

"점심때 올라갔다는데 아직까지 내려오질 않네. 용이 총을 들고 갔다는데."

촌장님이 고개를 돌리며 차갑게 말합니다.

황 포수는 이 모든 것이 믿기지가 않습니다. 움막을 절대 떠나지 말라고 신신당부를 했건만, 그렇게 말을 잘 듣던 용이가 아버지의 말을 거역한 것입니다. 황 포수는 고개를 천천히 돌려 용이를 바라봅니다. 두 눈에 분노가 차오르고 손이 부들부들 떨립니다. 용이는 차마 아버지를 쳐다보지 못하고 아무 말도 못한 채 마당 한가운데 계속 꿇어앉아 있습니다. 촌장 댁 사립문 밖으로 부모들의 통곡 소리가 흘러나옵니다. 울음을 토할 때마다 횃불이 흔들립니다. 밤은 깊어 가는데 아이들은 돌아오지 않습니다.

3

조선인 여자 인력 동원 명령서

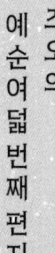

가즈오의 예순여덟번째 편지

보고 싶은 어머니께

 불효자 가즈오 인사 올립니다. 고향을 떠나 온 지가 어제로 꼭 7년이 되었습니다. 전역이 계속 연기되면서, 3년만 복무하고 어머니 곁으로 돌아가겠다던 저는 약속을 지키지 못한 불효자가 되고 말았습니다. 작년에는 반드시 귀국할 수 있을 거라 믿었는데, 전역을 일주일 앞두고 터진 중일전쟁이 다시 저의 덜미를 잡고 말았습니다.

 어머니가 쓰러지셨다는 소식을 오늘에야 들었습니다. 외숙부가 서신을 보내셨더군요. 어머니…… 죄송합니다. 정말 죄송합니다. 하루빨리 이 지긋지긋한 전쟁이 끝나 어머니께로 돌아갈 날을 기다릴 뿐입니다. 솔직히 저도 많이 지쳐 갑니다. 무엇을 위한 전쟁인지, 내가 무엇을 위해 이국땅에 와서 목숨을 걸고 싸우고 있는지, 생각하면 생각할수록 이해가 되지 않고 분합니다. 일본이 말하는 대동아공영이라는 것이 과연 무엇이기에 수많은 젊은이들이 남의 땅에 허락 없이 들어가, 만나는 모든 사람들에게 깡패처럼 싸움을 걸고 쓰러뜨리고 짓밟는 잔인한 짓을 반복하고 있는지, 이토록 큰 상처와 희생의 결과는 무엇인지, 저보다 더 지친 부하들에게 설명해 줄 말이 없습니다.

저희 부대는 또 이동하고 있습니다. 이번에는 한반도 북쪽 가장 끄트머리에 위치한 백두산이라는 곳으로 가는 중입니다. 백두산은 조선인들에게는 민족을 지켜 주는 영산으로 알려져 있습니다. 중국과 국경이 맞닿아 있는 중요한 전략적 요충지이기도 합니다. 이번에는 본대와 떨어져서 저희 부대원들끼리 생활하게 될 것 같습니다. 차라리 잘되었습니다. 산속 깊숙이 들어가 이 전쟁이 끝날 때까지 자연 속에 파묻혀 있고 싶습니다.

어머니, 건강하셔야 합니다. 꼭 살아 계셔야 합니다. 이 아들이 돌아갈 때까지 꼭 살아만 계셔 주십시오.

보고 싶습니다, 어머니.

오늘 따라 더욱 보고 싶은 어머니를 그려 봅니다.

대위 가즈오 올림

7년 후

 7년이 흘렀습니다. 7년 전 그날 밤, 황 포수는 홀로 횃불과 총을 들고 엄대와 아이들을 찾아 호랑이 산에 올라갔지요. 아침이 되어서 황 포수는 걸치고 있던 외투를 양팔로 안은 채 돌아왔는데, 그 안에는 아이들의 피 묻은 옷과 신발이 담겨 있었습니다. 화가 난 마을 사람들은 황 포수 움막에 불을 질렀습니다. 황 포수와 용이는 쫓기듯이 서둘러 호랑이 마을을 떠나야 했답니다. 온 마을 사람들이 울다 지쳐 잠든 깊은 밤, 훌쩍이 혼자서 잘가요 언덕에 올라 떠나가는 황 포수 부자를 배웅했지요. 훌쩍이는 황 포수와 용이가 호랑이 산으로 하염없이 올라가더라고 전했습니다. 그로부터 7년이라는 세월이 흐른 것입니다.

 본격적인 가을을 맞은 백두산이 누가 센 불을 놓은 것처럼 사스래나무가 뽐내는 황금빛 단풍으로 활활 타오릅니다.

오래전 황 포수가 잡은 육발이를 마지막으로 호랑이 마을에는 더 이상 호랑이가 내려오지 않습니다. 사람들이 호랑이 걱정을 하지 않게 되면서 황 포수 부자도 그들의 기억에서 차츰 사라져 갔습니다.

올해로 열아홉이 된 순이는 한 떨기 구름국화꽃처럼 청초하게 피어났습니다. 이제는 나이 들어 시력을 거의 잃은 촌장 할아버지를 정성껏 보살피고 있지요. 밭농사도 짓고, 여전히 나무도 해 오고, 밥도 짓고, 샘물이를 업어 주고 달래 주며 바쁘게 하루하루를 살고 있습니다. 샘물이가 누구냐고요? 순이의 딸입니다. 네, 그렇습니다. 순이한테는 아기가 생겼습니다. 순이가 그새 결혼을 했느냐고요? 아니요. 예쁜 아기가 저절로 생겼습니다.

1년 전 겨울이었습니다. 얼핏 보기에도 행색이 너무나 초라한 한 부부가 호랑이 마을에 왔더랬습니다. 그들은 중국으로 건너가 살길을 찾을 거라고 했습니다. 얼굴이 시꺼먼 남자는 오랫동안 굶은 듯 마른 나뭇가지처럼 바싹 말라 있었습니다. 어디서 왔는지, 무얼 하다 왔는지 물어도 도무지 대답을 하지 않은 채, 시꺼먼 얼굴에 힘겹게 눈만 껌뻑거렸습니다. 남자와 함께 온 여자는 만삭의 임산부였습니다. 여자 역시 배만 불룩 나왔을 뿐, 팔다리 할 것 없이 젓가락처럼 빼빼 말라 있었습니다. 남자와 여자는 빼빼 마른 몸처럼 마음도 말라 있었습니다. 마음씨 좋은 촌장님은 그들을 위해 사랑방을 내주었습니다. 아기를 낳고, 따뜻한 봄이 올 때까지 묵어도 좋다고 허락해 준 것입니다. 순이는 예전에 황포수 부자에게 그랬듯, 이 가난하고 불쌍한 부부를 위해서 정성껏 음식을 만들어 주었습니다.

촌장 댁 사랑방을 차지한 부부는 두문불출, 도무지 얼굴을 내보이지 않았습니다. 순이가 밥상을 차려 오면 남자는 밥상만 받아들고는 얼른 방문을 닫아 버렸습니다. 굳게 닫힌 방문처럼, 그 부부의 마음은 세상을 등진 채 굳게 닫혀 있었습니다. 그러기를 일주일쯤 지난 어느 날, 순이가 늦은 아침까지 인기척이 없는 사랑방 문을 열어 보니, 부부는 온데간데없고 갓난아기 혼자 차가운 방바닥에 누워 있었습니다. 아기는 소리 없이 눈물을 흘리고 있었습니다. 방울방울 흘리는 것이 아니라, 갓난아기의 그 작디작은 눈에서 샘물 같은 눈물이 하염없이 흘러내려 방바닥을 적시고 있었습니다.

아기의 엄마, 아빠는 갓 낳은 아기를 데리고는 중국 땅으로 가는 험한 여정에 오를 수 없다는 것을 이미 알고 있었나 봅니다. 세상에 갓 태어난 아기를 무엇이 기다리는지 알 수 없는 타지로 데려가느니, 마음씨 좋은 촌장 댁에 맡기고 먼

길을 떠난 것입니다. 며칠이 지나도 아기의 눈물은 멈추지 않았습니다. 이제는 나이 들어 앞니가 두 개나 빠져 버린 심마니 구씨가 아기의 상태를 살피더니, 눈에 눈물샘이 없다고 했습니다. 아기는 눈물이 흐르는 눈물샘이 막힌 채 태어난 것입니다. 그래서 아기의 두 눈에서는 눈물이 하염없이 흐르고 또 흘러내렸던 것입니다. 막힌 눈물샘을 뚫어 주지 않으면 아기는 자라나면서 시력을 완전히 잃게 될 것이라고 심마니 구씨가 말했습니다.

지난 1년 동안 순이 혼자 아기를 길렀습니다. 막힌 눈물샘을 뚫어 주기 위해 하루에도 여러 번 아기의 두 눈을 손가락으로 꾹꾹 눌러 눈 주위를 풀어 주었습니다. 순이는 두 눈이 눌릴 때마다 소스라치듯 울어 대는 아기가 불쌍해 마음이 아팠지만, 이대로 영원히 아기의 눈물샘이 막히게 내버려 둘 수는 없는 노릇이었습니다.

"눈물샘아, 열려라. 샘물처럼 터져라."

눈물이 샘물처럼 흐르는 아기의 두 눈을 꾹꾹 눌러 주던 순이는 성도 이름도 없는 아기를 샘물이라고 불렀습니다.

이래저래 순이는 너무나 바쁩니다. 이렇게 바쁜 중에도 한 가지 빼먹지 않고 하는 일이 있지요. 매일 밤 어김없이 떠 있는 엄마별에게 호랑이 산으로 올라간 용이를 지켜 달라고 부탁하는 일이랍니다. 순이는 볼 수도 알 수도 없지만, 저 하늘 높이 떠 있는 엄마별은 볼 수 있을 테니까요. 긴 세월이 흘렀지만, 만약 용이가 살아 있다면 그리고 용이도 엄마별을 볼 수만 있다면, 엄마별은 그 따스한 빛으로 용이를 위로해 줄 테니까요.

슈우욱!

휘릭, 휘릭, 휘릭, 휘리리리리릭!

잘가요 언덕 상공에서 허리가 붉은 새 한 마리가 멋지고 능숙하게 공중제비를 돌고 있습니다. 한 번, 두 번…… 열 번이 넘는 공중제비를 멋지게 성공한 새는 다름 아닌 새끼 제비네요. 그런데 이게 어떻게 된 일이지요? 7년이라는 긴 세월이 흘렀는데도 새끼 제비는 하나도 변하지 않았어요. 미끈하게 뻗어야 할 허리는 변함없이 오동통하고, 날카롭고 매섭게 돋아나야 할 부리는 아기의 엄지발톱처럼 아직도 뭉툭뭉툭합니다. 왜 새끼 제비는 자라지도 늙지도 않은 걸까요? 시간이 그렇게 많이 흘렀는데 왜 크고 날쌘 제비로 변하지 않고 몽당연필처럼 작은 새끼 제비 모습 그대로 남아 있는 걸까요? 산도 변하고 물도 변하고 사람도 짐승도 모두 변했는데, 새끼 제비만 변하지 않았습니다. 옛날 모습 그대로, 예전 마음 그대로 잘가요 언덕 위에 머물러 있습니다.

잘가요 언덕 아름드리 꿀밤나무 가지에는 제법 녹이 슨 오세요 종이 매달려 있네요. 녹이 슬 만도 하지요. 지난 7년 동안 한 번도 울려 보지 못했거든요. 오세요 종 아래로 풀피리를 삘리리삘리리 익숙하게 부는 피리 부는 사나이가 꿀밤나무에 마른 몸을 비스듬히 기대고 앉아 있습니다. 피리 부는 사나이 옆으로 빈 지게가 쉬고 있네요.
　삘리리.
　삘리리삘리리.
　키가 훌쩍 커 버린 깡마른 훌쩍이입니다. 훌쩍이는 나무꾼이 되었습니다. 하루 종일 산을 쏘다니면서 나무를 주워, 땔감이 떨어진 집에 가져다줍니다. 품삯은 따로 받지 않습니다. 그냥 밥만 배불리 얻어먹으면 되지요. 품삯을 받지 않기에 일도 자기가 하고 싶을 때만 합니다. 일을 하지 않을 때는 무얼 하느냐고요? 훌쩍이는 용이가 이 마을을 떠나 호랑이 산으로 오른 지난 7년 전부터 하루도 빠짐없이, 저녁 무렵이면 꿀밤나무 아래에서 풀피리를 불며 용이를 기다렸답니다. 혹시나 용이가 돌아오면, 지난 7년 동안 한 번도 울리지 않았던 오세요 종을 치리라 마음먹고 있었죠.

불길한 소식

붉은소나무 마을에 산삼을 팔러 갔다가 허탕을 친 심마니 구씨가 불길한 소식을 가지고 왔습니다.

"마을에는 들어가 보지도 못했어. 붉은소나무 마을 어귀에 일본군 부대 진지가 생겼더라고. 큰 천막들이 여러 개 있고, 곳곳에 빨간 일장기가 펄럭이고. 일본 군인들이 긴 칼이랑 총을 차고 왔다 갔다 하더라고. 남쪽에서 일본군들이 활개 치고 다닌다는 이야기는 예전부터 들었지만, 뭐 볼 게 있다고 이 첩첩산중까지 들어왔는지……."

"남쪽에서는 일본군들이 조선 남자들을 잡아 강제로 일본으로 끌고 가서 노역을 시킨다던데?"

"조선 청년들한테 일본 군복을 입혀서 중국으로 끌고 가 전쟁터 총알받이로 내몬다던데?"

"어떤 마을에서는 전쟁에 쓴다고 밥솥이랑 쇠붙이를 모

두 징발해 갔다던데?"

 심마니 구씨의 이야기를 들은 마을 어른들은 삼삼오오 모여 두런두런 이야기를 나눕니다. 그동안 나그네들을 통해 일본군에 대해서 들은 소문들을 이제야 서로 털어놓은 것입니다. 어른들은 각기 다른 소문을 이야기하지만, 사실은 모두 같은 생각을 하고 있습니다. 곧 이 마을에도 일본군이 오게 될 것이라는 것. 곧 마을에 큰 변화가 일어날 것이라는 불길한 예감이 드나 봅니다. 그리고 그 예감은 곧 현실로 다가왔습니다.

 처음 일본인들을 발견한 사람은 다름 아닌 훌쩍이입니다. 여느 때와 다름없이 잘가요 언덕 꿀밤나무 아래에 비스듬히 누워 있던 훌쩍이는 멀리서 들려오는 말발굽 소리에 불던 풀피리를 멈추었습니다.

 또닥, 또닥, 투닥투닥, 투구닥.

 붉은소나무 마을로 가는 큰길에서 말발굽 소리가 들립니다. 고개를 쭉 빼고 큰길을 바라보는 훌쩍이의 눈에 제일 먼저 띈 것은 펄럭이는 빨간 일장기입니다. 높은 막대기에 매달린 빨간 일장기가 가을바람에 나부낍니다. 그 아래로 스무 명 남짓한 일본 군인들이 지친 걸음으로 천천히 걸어

옵니다. 말을 탄 장교도 한 명 있습니다. 가즈오입니다.

마을 어른들은 뜻밖의 손님들을 어떻게 맞아야 할지 알 수 없어서 우왕좌왕합니다. 병아리들이 어미 닭 날개 아래로 피하듯, 마을 어른들이 촌장 댁 마당에 모여 있네요. 나이가 들어 눈도 잘 안 보이는 촌장님이 그래도 제일 믿음직스러운가 봅니다. 일본군이 마을에 왔다는 소식을 들은 촌장님은 아무 말 없이 마루에 앉아 있습니다.

촌장 댁 사립문이 삐걱 하고 열리더니, 긴 칼을 허리에 찬 장교와 나이가 제법 들어 보이는 군인이 촌장 댁 마당으로 들어섭니다. 마당에 모여 있던 마을 어른들은 바짝 긴장합니다.

일본군 부대 지휘관인 대위 가즈오 마쯔에다는 한눈에 보기에도 건장하고 잘생긴 청년이네요. 긴 여정에 무척 지친 듯하지만, 걸음걸이 하나에서도 군인의 절도와 기개가 느껴집니다. 가즈오와 함께 온 부관 아쯔이는 땡글땡글하게 생긴, 키가 작고 배가 둥그렇게 나온 중년의 남자입니다. 더부룩한 머리와 수염에 흰색이 많은 것을 보아 나이가 제법 든 군인인 것 같네요. 마을 어른들은 이들과 눈을 제대로 마주치지 못한 채, 흘깃흘깃 조용조용 이 두 사람을 훔쳐보고만 있습니다. 촌장 댁 마당에 짧지 않은 침묵이 흐릅니다.

"여기가 호랑이 마을 촌장님 댁이 맞습니까?"

아쯔이가 침묵을 깨고 조선말로 마을 어른들에게 묻습니다. 조선 땅에 온 지 7년이나 되어서 그런지 아쯔이의 조선말은 유창합니다. 마을 어른들이 대답 대신 마루에 앉아 있는 촌장님을 쳐다봅니다.

"촌장님이 맞습니까?"

아쯔이가 묻습니다.

촌장님이 대답합니다.

"내가 이 마을 촌장이오만, 내 눈이 잘 보이질 않아서……. 어디서 오신 손님들이오?"

촌장님의 대답을 들은 가즈오가 머리에 쓰고 있던 장교 모자를 벗고 허리를 숙여 촌장님에게 공손히 인사합니다. 그러자 옆에 있던 아쯔이도 함께 인사를 합니다.

호랑이 마을 인구 조사

"안녕하십니까? 저는 대일본제국군 747부대 지휘관 대위 가즈오 마쯔에다라고 합니다. 저와 저희 부대원들은 이곳 호랑이 마을의 인구 조사를 즉시 실시하고 임시 주둔하라는 명령을 하달받고, 군 작전을 수행 중입니다. 마을 내 공터에 진지를 구축하고 이곳 호랑이 마을에 주둔하여 마을의 행정을 파악, 관리함과 동시에 마을 주민들을 중공군을 비롯한 외부의 적들로부터 보호해 드리겠습니다."

가즈오가 촌장님에게 최대한 예의를 갖추어 공손하게 말합니다. 절도 있게 말하는 가즈오의 모습에서 범접할 수 없는 기운이 느껴집니다. 그의 허리에 달려 있는 긴 칼이 햇빛을 받아 번쩍번쩍 빛나는군요.

"인구 조사라니…… 그것이 무슨 조사요?"

"점령지 주민들의 원활한 관리와 안전을 위해서 일상적으로 행하는 조사입니다. 이곳 주민들의 성별, 나이, 이름, 재산 소유 상황 등을 조사하는 것입니다."

가즈오의 설명은 유창하지만, 마을 사람들은 이해하지 못합니다. 이웃집에 숟가락이 몇 개 있는 것까지 서로 알고 있는 호랑이 마을 사람들은 '인구 조사'라는 말을 처음 들어 보기 때문입니다. 생전 처음 보는 사람들이 느닷없이 찾아와 주민을 조사하고, 관리하겠다는 것이 무엇을 뜻하는지 도통 이해되지 않습니다. '조사'와 '관리'의 다른 말이 '통제'라는 것을 모르기 때문입니다.

"이 마을에 언제까지 있을 생각이오?"

"상부에서 별도의 명령이 하달될 때까지 주둔할 예정입니다."

다시 긴 침묵이 흐릅니다. 마을 사람들은 헛기침 한번 제대로 못하고, 자신들의 발끝만 내려다보고 있습니다.

가즈오의 부드러운 음성이 불편한 침묵을 깨뜨립니다.

"저희 부대가 주둔해 있는 동안 불편한 점이 있겠지만, 양해해 주시기 바랍니다. 저희 부대원들이 마을 주민들에게 피해를 끼치는 일은 없을 것입니다. 지휘관으로서 약속 드립니다. 불필요한 사역이나 노역에 주민들을 동원하지 않을 것이며, 부대원들이 마을 아녀자들을 괴롭히거나 희롱할 경우, 엄벌에 처하도록 하겠습니다. 저희 부대원들은 저와 함께 지난 7년 동안 생사고락을 함께한 군인들입니다. 저와 저희 부대원들은 조선인들을 존중합니다."

조선인들을 존중한다는 말을 일본 사람, 그것도 일반인이 아닌 일본군 장교 입으로 들은 마을 사람들은 뭔가 어리둥절합니다. 그동안 소문으로만 들어왔던 악랄한 일본군과는 많이 다르기 때문입니다.

촌장님이 그제야 입을 엽니다.

"호랑이 마을에 온 것을 환영합니다."

촌장님의 허락 아닌 허락을 받은 가즈오가 한마디를 더 하는군요.

"감사합니다. 저…… 그리고…… 죄송하지만 물 좀 주실 수 있겠습니까?"

굳어 있던 마을 어른들의 표정이 살짝 풀어지기 시작합니다. 긴 칼을 휘두르고, 장화 신은 발로 짓밟을 줄 알았던 일본군 장교가 예의 바르고, 멋지고, 거기다가 인간적이기까지 하니까요.

마을 어른들 사이로, 샘물이를 업은 순이가 물이 가득 담긴 사발 두 개를 나무판자에 받쳐 들고 조용히 나타납니다. 가즈오는 무심코 순이를 본 순간 아름다움에 허를 찔린 사람처럼, 청순하고 단아한 순이의 모습에 할 말을 잊고 시선을 멈춥니다. 남루한 옷차림에도 불구하고 어딘지 모르게 풍겨 나오는 당당함은 비단 위에 꽃을 더한 것처럼 순이를 더욱 돋보이게 합니다. 가즈오는 생전 처음 느끼는 감정에 당혹스럽습니다.

물 사발을 내미는 순이의 얼굴을 빤히 쳐다보던 가즈오는 이내 자신의 무례함을 깨닫고 시선을 거두며 말합니다.

"아, 감사합니다. 그런데 제가 아니라…… 밖에서 기다리는 우리 병사들에게 먼저 물을 주었으면…… 합니다. 감사합니다."

평소 당당하고 거침없는 가즈오가 갑자기 말 더듬는 꼴을 아쯔이가 신기하게 바라봅니다.

해가 뉘엿뉘엿, 슬금슬금 호랑이 산 너머로 넘어갑니다.

  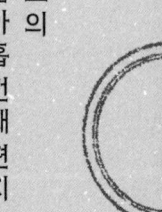

가즈오의 예순아홉 번째 편지

사랑하는 어머니께

어머니, 건강이 회복되고 계시다니 참으로 다행입니다.

저희 부대가 이곳 호랑이 마을에 온 지도 벌써 보름이 되었네요. 호랑이 마을이라고 해서 놀라셨죠? 걱정 마세요. 예전에는 호랑이가 많이 출몰하여 호랑이 마을이라고 불렸다는데, 더 이상은 볼 수가 없답니다. 호랑이가 마을로 내려오지 않는 것은 잘된 일이나, 사실 백두산 호랑이가 멸종된 가장 큰 이유가 우리 일본인들 때문이라고 하니 정말 민망하고 미안한 일이 아닐 수 없습니다. 이곳 호랑이 마을 주민들 이야기를 들으니, 10년 전부터 일본 상인들이 이곳에 몰려와 호랑이 사냥을 했다고 하는군요. 한 번 올 때마다 수십 명씩 몰려와서 열 마리, 때로는 스무 마리가 넘는 호랑이를 잡아 가죽을 벗겨 갔다고 합니다. 그러기를 몇 번에 걸쳐 하고 나니, 호랑이 씨가 말라 버렸나 봅니다.

어머니, 이곳 호랑이 마을은 아주 평화롭고 아름다운 곳입니다. 세상에 이렇게 평화로운 곳이 있을까 할 정도로 조용합니다. 마을 사람들도 무척 순하고, 정이 많은 것 같습니다.

요즘 저에게는 큰 낙이 하나 생겼습니다. 이른 새벽에 일어나 짙게 깔린 안개를 가르며 호랑이 마을 주변을 산책하는 것이지요. 들로, 논으로, 밭으로, 작은 언덕으로 걷다 보면 순간순간 변하는 자연과 제가 하나가 되는 듯한 느낌이 들곤 합니다. 그리고 자연과 하나 된 나를 저 하늘 위에서 바라보는 누군가가 있다는 생각이 듭니다. 아마도 그분은 자연과 나를 지은 분이 아닐까 합니다. 논에는 황금색 벼가 가득하고, 그 벼를 감싸고 있는 새벽 공기가 저의 세포 하나하나에 신선한 생명을 불어넣어 주는 것 같습니다. 제 이런 느낌을 화폭에 담을 수만 있다면 이곳 마을 풍경을 그려서 보내 드리도록 하겠습니다. 그동안 못 그렸던 그림을 이곳에서는 다시 그릴 수 있을 것 같은 기분이 듭니다.

어제는 마을 주민들이 우리 병사들을 위해서 잔치를 열어 주었습니다. 넉넉하지 않은 살림들이지만 집집마다 성의껏 음식을 장만하고, 술독을 열어 우리 병사들을 실컷 마시고 먹게 해 주었습니다. 고마운 사람들이지요. 아쯔이가 술에 취해 '고향가'를 부르는 바람에 병사들이 눈물을 흘리기도 했지만……. 아무튼 정말 오랜만에 긴장을 풀고 웃을 수 있는 하루였습니다.

에, 그리고…… 이 마을에 순이 씨라는 여인이 살고 있습니다. 아주 아름다운 아가씨죠. 처음 보았을 때 아기를 업고 있기에 아낙인 줄 알았는데, 알고 봤더니 버려진 아이를 키워 주고 있는 거라고 합니다. 얼굴만큼 마음씨도 고운 여인인 것 같습니다. 음, 오늘은 이만 줄이겠습니다. 사랑합니다, 어머니.

아이를 업은 그 여인의 뒷모습을 그려 보았습니다. 잘 보관해 두셨다가 나중에 제가 귀국하면 돌려주세요.

대위 가즈오 올림

폭풍우 치는 밤

 가즈오의 부대가 호랑이 마을에 온 지도 벌써 한 달이 넘었습니다. 마을 사람들과 일본군들은 걱정과 달리 사이좋게 잘 지내고 있네요. 처음 만났을 때는 서로 눈도 마주치기 어려운 사이였지만, 이제는 눈인사를 나눌 정도로 친해졌습니다. 서로가 서로를 섬기고 존중해 주니 평화롭습니다. 그런데 유독 일본군들을 좋아하지 않는 사람이 딱 한 명 있답니다. 바로 훌쩍이예요. 훌쩍이는 일본군들이 무조건 마음에 들지 않습니다. 예전에 황 포수의 움막이 있던 마을 입구 공터를 떡하니 차지한 일본군 천막들도 밉고, 잘가요 언덕 꿀밤나무 가지에 걸려 있는 오세요 종보다 훨씬 더 높게 매달려 펄럭이고 있는 일장기도 밉고, 순이에게 호감을 보이는 가즈오도 얄밉습니다. 훌쩍이는 천하무적 용이가 어서 돌아와 일본군들을 호랑이 마을에서 쫓아내 주기를 바라고 있지요.

오늘도 훌쩍이는 잘가요 언덕 꿀밤나무 그늘 아래에 팔베개를 하고 눕습니다. 점점 녹슬어 가는 오세요 종을 올려다보며 옛날을 회상하고 있지요. 이곳에 이렇게 누워 용이와 순이랑 함께 놀았던 추억을 돌이켜보는 게 훌쩍이의 유일한 취미랍니다. 그런데 오세요 종 위로 펄럭이는 일장기가 자꾸 눈에 들어오네요. 일장기를 안 보려고 왼손으로 한쪽 눈을 가려 봅니다. 이제 됐습니다. 이제는 일장기는 보이지 않고, 파란 하늘 바탕에 오세요 종만 보입니다. 이제 즐거웠던 옛날로 추억 여행을 떠나면 됩니다. 그런데 파란 하늘에 먹구름이 몰려오기 시작합니다. 파랗던 하늘이 순식간에 먹구름에 뒤덮여 어두워지는가 싶더니, 굵은 빗방울이 후드득 떨어집니다. 살짝 잠이 들려 했던 훌쩍이가 벌떡 일어납니다.

비가 내립니다. 꿀밤나무에, 억새밭에, 촌장 댁 띠 지붕 위에, 황금색으로 출렁이는 층계 논에도, 그 옛날 용이가 순이에게 꽃다발을 만들어 주었던 천국 같은 들꽃밭에도 비가 내립니다. 굵은 빗방울은 어느새 폭우로 변하고, 시원하게 불던 가을바람은 태풍으로 변합니다. 강한 비바람이 몰아칩니다. 백두산을 통째로 날려 버릴 것 같은 강한 비바람이 밤이 되도록 그치지 않고 불어옵니다.

후드득, 툭.

호랑이 마을 상공에서 활강하던 새끼 제비의 날개에 부딪힌 굵은 빗방울들이 툭툭 터져 나갑니다. 갑자기 몰아닥친 비바람을 피할 요량으로 새끼 제비가 마을 공터의 일본군 천막 처마 밑으로 날아 들어갑니다. 바람이 불 때마다 이리 휘청, 저리 휘청거리는 천막들은 술 취한 아저씨마냥 언제 쓰러질지 모르겠습니다. 병사들이 모두 뛰어나와 바람 부는 방향대로 춤을 추는 천막들을 바로 세우느라 아우성을 칩니다.

그런데 이런 와중에도 호롱불 빛이 희미하게 새어 나오는 천막 한 곳에서만은 유독 고요한 적막감이 흐릅니다. 지휘관 가즈오의 천막입니다. 어머니에게 편지를 쓰고 있을까요? 아닙니다. 가즈오는 백두산 칼바람에 흔들거리는 호롱불 빛 아래에서 상부로부터 몇 시간 전 하달받은 공문을 뚫어져라 보고 있습니다. 몇 번이나 반복해서 읽었지만 아직도 믿지 못하겠는지 한 번 더 읽고 있는 참입니다. 공문은 백두산 전 지역을 담당하는 상급 부대의 지휘관인 다케모노 중좌에게서 온 것입니다. 내용은 간단하지만 메시지는 확실합니다.

조선인 여자 인력 동원 명령서

· 본 동원령은 일본 육군성이 주도하고 내무성, 외무성 및 조선총독부가 참여한다.
· 본 동원령의 목적은 조선의 미혼 여자를 동원해 대일본제국 군대의 특수 요무(위안 임무)를 충당함에 있다.
· 대일본제국군의 사기 진작을 위해 제1차로 1938년부터 1941년까지 조선 전역에서 2만 명의 위안부를 강제 징집하도록 한다.
· 백두산 지역 마을에서 징집한 조선 여자들을 조선 최남단에 위치한 부산의 임시 대기소로 운반한다.
· 금번 인구 조사 결과에 근거, 백두산 지역에 주둔하고 있는 각 하급 부대는 아래의 내용에 입각하여 14세에서 25세까지의 조선의 미혼 여자를 징집하여 운반 부대가 올 때까지 착오 없이 대기시켜 놓을 것.

부대	지역	총인구	징집 해당 인원
717부대	백두 마을	237명	3명
727부대	붉은소나무 마을	458명	9명
737부대	장군 마을	620명	14명
747부대	호랑이 마을	135명	1명

"이것 때문에 인구 조사를 하라고…… 상부에서 그토록 닦달했구나…….."

가즈오가 깊은 한숨이 섞인 혼잣말을 띄엄띄엄 토해 냅니다.

소문으로 들어서만 알고 있던 일본군의 위안부 강제 징집. 부관인 아쯔이가 확실한 정보라면서 여러 차례 이야기를 했지만, 가즈오는 제발 이것이 사실이 아니기를 바라고 있었습니다. 이것은 어제오늘의 일이 아닙니다. 벌써 5, 6년 전부터 일본 육군성은 조선을 포함한 식민지의 젊은 여인들을 취업을 미끼로 유인하거나 강제로 납치하여, 일본군 부대들이 주둔하고 있는 전쟁터의 군 위안소로 보냈습니다. 그러다가 작년 여름 중일전쟁이 발발하면서부터는 아예 본격적으로 4년 내에 조선에서만 2만 명의 위안부를 강제 징집하겠다는 목표를 세우고, 계획적으로 조선 전역에 걸쳐 인구 조사를 실시한 것입니다. 인구 조사는 결국 국토 구석구석, 심지어 이곳 백두산의 꽃다운 어린 처녀들까지 강제 징집하여 이역만리의 위안소로 보내기 위한 것일 뿐입니다.

가즈오는 군인이기 이전에 한 인간으로서, 자신의 조국 대일본제국이 이런 야만적이고 천인공노할 일을 자행하고 있다는 사실을 믿을 수가 없습니다. 아니, 믿고 싶지 않습니다. 일본군 위안부의 강제 징집. 이것은 국가가 할 짓이 아닙니다. 군대가 할 짓도 아닙니다. 국가와 국가 간에 전쟁이 벌어지고 전투 중에 군인들끼리 서로 총을 겨누는 것과 죄 없는 어린 처녀들을 일본군 위안부로 강제 징집해 가는 것은 전혀 다른 차원의 일입니다. 하나는 전쟁이고, 다른 하나는 범죄입니다. 범죄 중에서도 최악의 범죄인 것입니다. 인간으로서는 상상조차 할 수 없는, 인간이기를 포기한 가장 저급한 자나 저지를 수 있는 이 역겨운 범죄를 대일본제국 육군성이 주도하고 내무성, 외무성, 조선총독부까지 참여하여 실행에 옮기고 있다니.

소리 지르며 부정하고 싶습니다. 사실이 아니라고 항변하고 싶습니다. 그런데 지금 가즈오의 손에 들려 있는 공문은 그것이 사실이라고 최종적으로 확인해 주고 있습니다. 확인만 해 주는 것이 아니라, 가즈오에게도 어린 여인들을 지옥으로 보내는 범죄에 동참하라고 강요하고 있습니다.

단 한 명의 처녀

747부대, 호랑이 마을, 총인구 135명, 징집 해당 인원 1명.

다른 마을에 비해 가장 깊은 산속에 있고, 인구수도 적은 이곳 호랑이 마을에 부과된 위안부 징집 인원은 단 한 명입니다. 왜냐하면 이미 일본 육군성은 호랑이 마을에 그들이 원하는 14세에서 25세 사이의 미혼 여성이 한 명밖에 없다는 것을 파악하고 있기 때문입니다. 가즈오가 가르쳐 주었습니다. 가즈오가 자기 손으로 호랑이 마을의 인구 조사 보고서를 써서 상급 부대에 제출했으니까요. 위안부로 강제 징집 대상이 된 한 명의 처녀. 바로 촌장님의 손녀딸 순이입니다. 가즈오는 공문을 구겨서 던져 버리고 천막 밖으로 뛰쳐나갑니다. 하늘에 구멍이 난 듯 내리붓는 빗줄기를 고스란히 맞으며 가즈오는 바람에 휘청거리는 천막과 천막 사이에 망연자실 서 있습니다.

비바람과 함께 터지는 천둥소리가 마치 살갗이 찢기고, 영혼이 짓밟히는 어린 조선 소녀들의 비명 같습니다. 그 소리는 한 사람의 비명이 아닙니다. 수백, 수천 갈래의 비명입니다. 지옥에서 영혼이 타들어 가는 소리입니다. 그 여러 갈래의 비명 가운데 순이의 비명도 섞여 있습니다. 가즈오는 양손을 들어 자신의 귀를 막습니다. 비바람이 가즈오의 얼굴을 때립니다. 빗물과 눈물이 섞여 가즈오의 양 뺨을 타고 하염없이 흘러내립니다.

"어떻게 해야 하나요. 이 죄를 어떻게 감당해야 하나요?"

가즈오는 정신 나간 사람처럼 혼잣말을 되뇝니다. 어쩌면 이 순간, 차라리 자신이 미쳐 버리기를 바라고 있는지도 모릅니다. 결과를 상상할 수조차 없는 추악한 범죄의 주인공이 되기보다, 차라리 미친 사람이 되는 것이 나을 것이기 때문입니다.

비가 옵니다. 어린 처녀들이 너무 가여워 하늘이 웁니다. 하늘이 흘린 눈물은 굵은 빗방울이 되어 백두산을 적십니다. 바람이 붑니다. 인간이기를 포기한 자들의 만행에 하늘도 노한 듯 인간이 밟고 있는 땅덩어리를 모조리 날려 버릴 기세로 바람이 거세게 불어옵니다.

아침이 되자, 날이 거짓말처럼 개었습니다. 성난 비바람은 물러가고 따스한 햇살이 세상을 비춥니다. 처마 밑에, 풀 위에 방울방울 떨어지는 물방울들이 떠오르는 태양 빛을 받아 반짝거립니다. 온 마을이 구석구석 보석처럼 반짝반짝 빛이 납니다. 훌쩍이는 아침 일찍 잘가요 언덕에 올라갑니다. 밤새 비바람에 꿀밤나무 가지에 달려 있던 오세요 종이 떨어지지나 않았을까 걱정이 되어서입니다.

'다행이다.'

오세요 종이 간밤의 사나운 비바람을 견뎌 내고 꿋꿋이 매달려 있네요. 어? 그런데 얄미운 일장기는 꿀밤나무 아래로 떨어졌네요. 일장기를 달아 놓은 긴 막대기가 비바람에 부러져 버린 것입니다. 훌쩍이는 땅에 떨어져 있는 일장기를 보면서 갑자기 재미있는 생각이 난 듯 쿡쿡 웃습니다. 잠시 후, 일장기를 매단 긴 막대기가 다시 잘가요 언덕 꿀밤나무 옆에 꽂힙니다. 그런데 일장기의 빨간 동그라미가 사람의 웃는 얼굴로 변했네요. 훌쩍이가 동그라미 안에 눈, 코, 입을 그려 넣었습니다.

호랑이 마을 사람들이 한 명도 빠짐없이 산기슭 층계 논 주위에 모여 있습니다. 촌장님도, 샘물이를 업은 순이도 나왔습니다. 이 논은 조상 대대로 호랑이 마을 사람들이 공동으로 농사를 지어 오던 곳입니다. 여기에서 나오는 쌀이 바로 마을 사람들이 일 년 동안 먹을 밥이 되는 것이지요. 함께 농사지어, 함께 추수하고, 함께 먹고사는 것입니다. 올해는 풍년이 들어 곧 추수를 하려고 했는데, 어젯밤의 비바람에 벼가 모두 쓰러지고 말았습니다. 바로 전날까지도 황금빛 고개를 꼿꼿이 쳐들고 있던 벼들이 약속이나 한 듯, 한 포기도 빼놓지 않고 송장처럼 쓰러져 진흙에 처박혀 있습니다. 마을 사람들은 망연자실한 채 서 있습니다. 엄대 아버지는 애꿎은 담배를 뻑뻑 피워 댑니다. 팔복이 엄마는 진흙 바닥에 퍼질러 앉아 엉엉 울고 있습니다. 순이에게 의지해서 서 있는 촌장님은 아무 말이 없습니다.

가즈오와 병사들도 마을 사람들이 모여 있는 논으로 달려옵니다. 밤새 쓰러진 막사를 다시 세우다가, 벼가 모두 쓰러졌다는 소식을 듣고 급히 오는 길입니다. 그러나 도움을 주러 온 가즈오와 병사들도 하루아침에 진흙 바닥으로 변해 버린 층계 논을 말없이 바라보기만 할 뿐, 별 뾰족한 수가 없는 것 같습니다. 모두들 아무 말 없이 논 주위에 서 있은 뒤로 십여 분쯤 지났을까, 논바닥을 유심히 살펴보던 한 사람이 꼬물꼬물 움직이기 시작합니다. 입대하기 전까지 나가

사키에서 5대째 농사를 지었다는 아쯔이입니다. 아쯔이는 묵묵히 군화를 벗고, 군복 바지를 걷어 올립니다. 그리고 조심스럽게 논바닥으로 걸어 들어갑니다. 이곳저곳 세심하게 살피던 아쯔이가 마치 갓난아기를 처음 안 듯, 조심조심 벼 한 포기를 일으켜 세워 봅니다. 일으켜 세운 벼의 진흙을 털어 내던 아쯔이의 표정이 점점 밝아지더니, 이내 어린아이처럼 웃으면서 큰 소리로 외칩니다.

"이거 살아 있습니다! 벼 이삭이 아직 꺾이지는 않았어요. 진흙이 묻어서 그렇지, 다 살아 있는 거예요."

사람들이 하나둘 논으로 뛰어듭니다. 엄대 아버지도, 팔복이 엄마도, 가즈오도, 병사들도 뛰어 들어갑니다. 모두 두 팔을 걷어붙이고 힘을 합쳐 일하기 시작합니다. 한쪽에서 벼를 일으켜 세우면, 다른 한쪽에서는 진흙을 털어 냅니다. 호랑이 마을 사람들과 일본군 병사들이 함께 어우러져 일을 합니다.

"헤헤, 서로 똑같아졌네."

공중에 떠 있는 새끼 제비는 누가 마을 사람이고, 누가 일본군인지 더 이상 분간할 수가 없습니다. 흰 옷을 입은 마을 사람들이나, 짙은 색 제복을 입은 일본군들이나 모두 진흙 범벅이 되었기 때문입니다. 지금 논바닥에는 일본군도 호랑이 마을 사람들도 없습니다. 그냥 사람들만 있을 뿐입니다. 사람들이 마음을 모아 쓰러진 벼를 일으켜 세우고 있습니다. 새끼 제비는 알고 있습니다. 저들은 해낼 것입니다. 합심해서 송장처럼 쓰러졌던 벼를 모두 일으켜 세울 것입니다. 그러면 생명이 끊어져 가던 벼가 살아나겠지요. 다시 살아난 벼 이삭은 더 많은 쌀 알갱이를 품어 키워 낼 것입니다. 그 쌀 알갱이들은 따뜻한 밥 한 그릇이 되어 지치고 배고픈 누군가의 생명을 지탱해 줄 것입니다. 그렇게 모두들 다시 살아날 것입니다. 아무리 작은 생명일지라도, 살아 있는 하나의 생명은 또 다른 생명을 살리는 단초가 되니까요. 생명이란 일회성이 아닌 연속성을 가진, '살아 있음' 그 자체라는 것을 새끼 제비는 잘 알고 있는 듯합니다.

슬픔에 젖은 가즈오

 사흘이 지났습니다. 오늘도 아낙들은 논으로 새참을 해 나릅니다. 벌써 사흘째 호랑이 마을 남자들과 일본군 병사들은 쓰러진 벼를 한 포기, 한 포기 일으켜 세우고, 진흙을 일일이 털어 내고 있습니다. 오늘까지만 하면 쓰러졌던 벼를 모두 일으켜 세울 수 있을 것 같습니다. 이제 비가 몇 번 더 와서 진흙을 말끔히 씻어 내고, 해만 쨍쨍 비춰 주면 다시 일어선 벼가 기운을 차릴 수 있을 것입니다. 마을 사람들과 일본군 병사들은 몸은 힘들지만 마음은 날아갈 듯 가볍습니다.

 그러나 이 중에는 마음이 한없이 무너져 내리는 사람이 한 명 있습니다. 바로 가즈오입니다. 며칠 전 받은 '조선인 여자 인력 동원 명령서' 때문입니다. 이제 불과 며칠 후면, 순이를 끌고 갈 수송 병력이 호랑이 마을에 들이닥칠 것입니다. 어떻게 해야 할지 자신에게 수없이 되묻고 있지만, 아직 정답을 찾지 못한 모양입니다. 논가에 앉아 잠시 쉬고 있는 진흙투성이의 가즈오에게 누군가 냉수 한 사발을 내밉니다. 순이입니다. 순이의 등에 업힌 샘물이는 잠들어 있네요.

벌컥벌컥 냉수를 마신 가즈오가 순이에게 말을 겁니다.

"아기 이름이 무엇인가요?"

"샘물이예요. 나중에 아기 엄마, 아빠가 돌아오면 새로 지어 주겠지만요."

"예쁜 이름이군요. 샘물이라……."

"샘물이는 아직 눈물샘이 없어서 매일 눈을 눌러 줘야만 해요. 하루라도 빠뜨리면 아기가 눈물 때문에 잘 보지를 못하거든요."

샘물이가 아픈 아기라는 사실을 몰랐던 가즈오가 당황한 듯 묻습니다.

"아, 그렇습니까? 샘물이 눈이……. 그럼 언제까지 그렇게 해 줘야 합니까?"

순이가 싱긋 웃으며 대답합니다.

"언제까지냐면요, 다 나을 때까지요."

순이의 등에 업혀 곤히 잠들어 있는 샘물이의 평온한 얼굴을 들여다보던 가즈오가 불쑥 말합니다.

"저희는 순이 씨나, 촌장님이나, 또 이 마을 주민들에게 참 감사하게 생각하고 있습니다."

"네? 감사하다니요.. 오히려 저희가 감사하죠. 병사분들이 도와주셔서 우리 마을이 다시 일어설 수 있게 되었다고 마을 어른들이 얼마나 고맙게 생각하시는데요."

"그렇지 않습니다. 감사는 저와 저희 병사들이 해야 합니다."

"왜요? 무엇이 감사한데요?"

궁금한 것을 지나치지 않고 구체적으로 파고드는 순이의 거침없는 질문에, 가즈오는 순종적이고 조용한 일본 여성과는 또 다른 매력을 느낍니다.

"사실 저와 저희 부대원들은 지난 7년 동안 생명을 앗아 가는 현장만 찾아다녔습니다. 우리는 그저 국가의 부름에 앞뒤 가리지 않고 몸을 맡긴 순수한 청년들일 뿐인데, 세월이 지나고 보니 어느덧 생명을 앗아 가는 불한당으로 변해 있더군요."

가즈오가 순이에게 일본군 장교의 입에서 나오리라고는 도저히 생각할 수 없는 말들을 이어 갑니다.

"한 달 전 우리 부대가 이곳 호랑이 마을에 왔을 때, 저를 비롯한 병사들의 몸과 마음은 피폐해질 대로 피폐해져 있었습니다. 그런데 이곳 마을 주민들의 따뜻함에 많이 회복되어 가는 것 같습니다. 특히나 한낱 벼에 불과하지만, 이렇게 생명을 살리는 일에 도움을 줄 수 있다는 것에 대해 진심으로 감사하게 생각하고 있습니다."

"예전에 저희 어머니도 그러셨어요. 농사는 생명을 일구는 일이라고."

"사실, 저희 부대원 거의 전부가 총을 잡기 전까지는 시골에서 농사짓던 사람들입니다. 그래서 지금도 모두 기쁜 마음으로 일들을 하고 있어요. 아마 마음속으로는 고향 생각을 하고 있을 겁니다."

새참을 먹고 일하러 다시 논으로 들어가는 진흙투성이 사람들을 바라보며 순이가 말합니다.

"그렇군요. 저는 군인들은 태어날 때부터 군인으로 태어나는 줄 알았어요."

"태어날 때는 모두 공평하게 똑같은 이름으로 태어나죠. 인간이라는. 그런데 죽을 때는 제각각 다른 이름으로 죽는 것 같습니다. 어떤 이는 군인으로 죽고, 어떤 이는 화가로 죽고……."

순이는 가즈오의 말에서 묘한 슬픔을 느낍니다.

"순이 씨는 어떤 이름으로 죽고 싶습니까?"

"네?"

난데없는 가즈오의 질문에 순이가 당황하는 듯하더니, 잠시 생각한 후 차분한 목소리로 자신의 생각을 밝힙니다.

"전 엄마라는 이름으로 죽고 싶어요. 한 아이가 아닌 여러 아이들의 엄마. 아이들이 울 때 업어 주고, 아플 때 어루만져 주고, 슬플 때 안아 주고, 배고플 때 먹여 주는 엄마라는 이름으로 평생 살다가 아이들과 헤어질 때쯤 되면…… 아이들도 엄마라는 이름을 갖게 되겠죠."

순이의 대답을 듣고 있던 가즈오의 정신이 갑자기 몽롱해집니다.

'순이 씨, 미안하지만 당신은 결코 엄마라는 이름으로 죽지 못할 것입니다. 당신 등에 업혀 있는 샘물이의 눈물샘이 열리는 것도 보지 못할 것입니다. 당신은 곧 이역만리 전쟁터로 끌려가서 짐승 같은 남자들에게 몸과 영혼을 철저히 유린당한 뒤, 아무런 이름도 갖지 못한 채 외롭게 죽을 것입니다.'

가즈오의 마음이 불현듯 이런 불행한 생각으로 가득 찹니다. 빈 새참 그릇 꾸러미를 머리에 인 순이와 아낙들이 시야에서 멀리 사라질 때까지도 가즈오의 마음은 맷돌이라도 삼킨 것처럼 점점 무거워집니다.

다케모노 중좌의 일장 연설

 날이 어둑어둑해질 무렵, 가즈오와 병사들이 진흙투성이가 된 채 진지로 돌아옵니다. 그들의 제복은 더러워졌고 몸은 지쳤지만, 마음만은 깨끗하고 행복해졌습니다. 드디어 오늘로 층계 논에 쓰러져 있는 모든 벼를 일으켜 세우는 작업을 끝냈기 때문입니다. 조선으로 파견 나온 지난 7년 중 가장 보람 있는 일을 했다는 생각에 병사들 모두 우쭐해 있습니다. 오로지 가즈오만, 무거운 마음을 그대로 간직하고 있습니다. 하지만 이런 무거운 마음을 병사들에게 내보일 수는 없습니다. 지휘관은 기쁠 때나 슬플 때나, 항상 한결같아야 하기 때문입니다. 그래서 아쯔이가 막걸리에 취해 '고향가'를 불러도 제지하지 않습니다.

 마을로 돌아가니, 텅 비어 있어야 할 막사 앞 공터에 낯선 군인들이 수십 명 도열해 있습니다. 도열한 군인들 뒤로 말에 타고 있는 장교와 참모들이 여러 명 보입니다. 장교는 가슴에 빼곡하게 훈장과 계급장을 달고 있습니다. 이 사람은 바로 며칠 전 가즈오에게 '조선인 여자 인력 동원 명령서'를 보냈던 다케모노 중좌입니다. 그가 직접 호랑이 마을에 온 것입니다. 다케모노 중좌는 가즈오의 747부대를 포함한 백두산 전역에 파견된 모든 일본군 부대를 관할하는 700부대의 지휘관입니다.

다케모노를 발견한 가즈오와 부하들은 제자리에 멈춥니다. 그리고 가즈오가 구령을 외칩니다.

"부대, 차렷! 중좌님께 경례!"

가즈오의 구령에 맞추어 부하들이 경례를 합니다. 하루 종일 논에서 일하느라 땅두더지처럼 진흙 범벅이 된 채로 경례하는 모습이 우스꽝스럽습니다. 군인인지 농사꾼인지 구분이 가지 않습니다. 가즈오 일행의 경례에 응하지 않고 한참 동안 말없이 가즈오를 쏘아보던 다케모노 중좌가 천천히 말에서 내립니다. 그리고 가즈오 앞으로 뚜벅뚜벅 걸어옵니다. 다케모노의 손에 더러운 천 조각이 하나 들려 있습니다. 다케모노가 그 천 조각을 경례를 붙이고 있는 가즈오의 가슴팍에 던집니다. 그것은 잘가요 언덕 꿀밤나무 옆에서 나부끼고 있어야 할 일장기입니다. 일장기가 웃고 있습니다.

훌쩍이가 그려 넣은 대로 바보같이 웃고 있습니다.

철썩!

다케모노 중좌가 가즈오의 뺨을 힘껏 올려붙입니다. 그리고 손을 뻗어 가즈오의 어깨에 달려 있는 진흙 범벅이 된 계급장을 부욱 뜯어 버립니다.

다음 날 아침, 호랑이 마을의 모든 주민들이 공터에 모였습니다. 어른, 아이 할 것 없이 모두 모였습니다. 처음 보는 일본 군인들이 많이 눈에 띄네요. 그간 친해져서 정이 들었던 747부대원들도 간혹 눈에 띄지만 그들은 마을 사람들과 눈이 마주치는 것을 피한 채, 땅바닥만 내려다보고 있습니다. 마을 사람들을 더욱 불안하게 만드는 건 가즈오의 모습이 보이지 않는다는 사실입니다. 공터에 모인 마을 사람들을 뺑 둘러싸고 서 있는, 처음 보는 일본군들의 손에는 하나같이 총이 들려 있습니다.

"가즈오는 어디 있는 거야?"

"저기 가슴에 뭘 주렁주렁 단 사람은 누구야?"

"빨리 가즈오 좀 찾아봐."

겁먹은 마을 사람들이 작은 소리로 소곤거립니다. 공터에는 어느새 작은 연단이 만들어졌습니다. 그 위로 훈장을 주렁주렁 단 다케모노 중좌가 올라갑니다. 연단 위에는 이미 그의 참모들이 줄지어 서 있습니다. 연단에 오른 다케모노 중좌는 들고 있는 지휘봉으로 긴 장화에 묻은 진흙을 탁탁 쳐서 털어 냅니다. 긴 장화가 어느 정도 깨끗해지자 다케모노는 일장 연설을 시작합니다.

"나는 백두산 전 지역을 관할하는 대일본제국 700부대의 지휘관 중좌 다케모노다. 대일본제국 천황 폐하의 은혜를 입은 식민지 국민으로서, 너희 조선인들에게는 대일본제국이 중국과 벌이고 있는 전쟁에 동참해야 할 의무가 있음을 알리기 위해 이곳에 왔다. 대일본제국군은 야만적인 중공군으로부터 너희 조선인들을 계속해서 보호해 줄 것이다. 이에, 지금부터 너희가 해야 할 바를 알려 주겠다. 첫째, 오늘을 시작으로 이 마을에서 생산되는 모든 곡식의 절반을 대일본제국군의 군량미로 공출하도록 한다. 둘째, 대동아 건설을 위해 목숨 걸고 전투를 하고 있는 대일본제국군 장병들을 위하여, 대일본제국의 식민지 여성 전체가 동참하고 있는 위안 임무에 이 마을 주민들도 동참한다. 본 위안 임무는 14세에서 25세의 미혼 여성에 한해 해당하며, 우선 호랑이 마을에서는 해당자인 박순이를 즉시 징발하고, 차후 주기적으로 징발 인원을 선정, 통보하도록 하겠다. 이상."

다케모노의 연설이 끝나기 무섭게 마을 사람들 사이에

서서 연설을 듣던 순이가 일본군 병사들에게 양팔을 붙들린 채 끌려 나옵니다. 파르르 떨고 있는 순이의 마른 등에 업혀 있는 샘물이는 영문도 모른 채 방긋방긋 웃고 있습니다.

다케모노의 청천벽력 같은 일장 연설을 들은 마을 사람들은 모두 그 자리에서 꽁꽁 얼어붙은 듯 움직일 줄 모릅니다. 자신들이 방금 무슨 말을 들은 것인지 잘 이해가 되지 않습니다. '군량미'니 '공출'이니 '대동아'니 '위안 임무'니 이런 말들을, 첩첩산중 호랑이 산 기슭에서 태어나 평생을 이곳에서 산 마을 사람들이 알 리가 없습니다. 그 말이 천신만고 끝에 추수하게 된, 호랑이 마을 주민들의 1년 양식에서 절반을 빼앗아 간다는 이야기인 줄 모르는 것입니다. 그 말이 열아홉 평생 생명을 소중히 여기고 사람을 섬기며 살아온 순이를 지옥으로 끌고 간다는 이야기라는 것을 모르는 것입니다. 화가 잔뜩 나서 고래고래 고함을 지르는 저 연단 위의 일본 사람이 무슨 말을 하고 있는지 마을 사람들은 이해하지 못하고 있습니다.

순이와 순이 등에 업힌 샘물이를 번갈아 쳐다보던 다케모노가 난감한 표정으로 참모에게 묻습니다.

"뭐야, 애 엄마였어? 박순이가?"

당황한 참모가 인구 조사서를 뒤적이며 대답합니다.

"아닙니다. 뭔가 착오가…… 분명 혼인하지 않은 처녀입니다."

"그래? 그럼 끌고 가서 격리시켜."

마을 사람들은 장승처럼 조용히 서 있을 뿐, 누구 하나 나서서 아무런 이야기를 하지 못합니다. 호랑이와 맞닥뜨려 숨조차 들이마시지 못하고 얼어 버렸던 그 옛날처럼, 총칼을 든 일본군 앞에서 모두 침묵할 뿐입니다. 일본군 병사들이 겨누고 있는 수십 개의 총부리에 하얀 햇빛이 조각조각 부서져 내립니다.

끌려가는 순이

병사들이 순이를 끌고 가려는 순간, 마을 사람들 뒤쪽에서 한 노인의 목소리가 들립니다.

"잠깐 멈추시오."

사람들의 시선이 소리 나는 쪽으로 향합니다.

촌장님이 빈 지게를 짊어진 훌쩍이에게 의지한 채, 마을 사람들을 헤치고 연단 앞으로 걸어 나옵니다.

"난 이 마을 촌장이오. 이곳 호랑이 마을에서 태어나 팔십 평생 가까이 여기서 살았소. 당신들 말대로 우리 마을 사람들 모두 협조를 하겠소. 쌀을 달라면 쌀을 주고, 노역을 하라면 노역을 하겠소. 하지만 우리 순이든 누구든 어린 처녀들을 데려가는 것만은 안 될 말이오. 그것만은 하지 말아 주시오. 저 애는 내 하나밖에 없는 유일한 혈육이오."

말 한마디에 목숨을 잃을 수 있는 위험한 상황이라는 것을 느끼지 못하는 걸까요? 눈이 안 보이는 촌장님은 지금 얼마나 많은 총칼이 자신을 겨누고 있는지 모르나 봅니다.

다케모노가 천천히 고개를 돌려, 촌장님과 깡마른 체격에 빈 지게를 짊어지고 훌쩍거리며 서 있는 청년을 쏘아봅니다.

깡마른 훌쩍이도 연신 훌쩍거리며 다케모노를 마주 노려봅니다.

"촌장이라고 했소? 박순이는 우리 대일본제국군의 선택을 받아 영광스러운 임무를 수행하기 위해 특별히 징발된 자요. 쓸데없는 걱정하지 말고 이제 집으로 돌아가시오."

다케모노가 병사들에게 명령합니다.

"다 해산시켜!"

"알고 있소. 난 알고 있소. 당신들이 저 아이를 어디로 데려가서 무슨 일을 시키려는 것인지 알고 있단 말이오. 제발 부탁이오. 그것만은 하지 말아 주시오."

애원하던 촌장님이 지팡이를 내던지고, 땅바닥에 무릎을 꿇습니다. 그리고 두 손을 모아 보이지도 않는 다케모노를 향해 빌기 시작합니다.

"내 이렇게 빌겠소. 제발 순이를 그 지옥으로 데려가지 마시오. 살려 주시오."

도대체 저들이 순이를 어디로 데려가려 하기에 촌장님이 무릎까지 꿇어야 하는지……. 둘러서 있던 마을 사람들이 웅성거리기 시작합니다.

잠자코 지켜보던 다케모노 중좌가 허리춤에 차고 있던 권총집에서 권총을 빼 듭니다.

"지금 지옥이라고 했나? 대일본제국과 천황 폐하를 모독하는 발언을 하는 자는 즉결 처분당할 수 있다는 걸 모르나?"

다케모노의 말투가 그 표정만큼이나 사납게 변합니다. 다케모노가 권총을 빼 들자 병사들도 약속이나 한 듯 마을 사람들에게 소총을 겨눕니다. 누구 하나라도 허튼 동작을 하면 총구에서 일제히 불을 뿜을 기세입니다.

일촉즉발의 상황입니다. 바로 그 순간, 순이가 샘물이를 업었던 포대기를 서둘러 풀기 시작합니다. 그러곤 포대기로 감싼 샘물이를 촌장님 품에 안겨 줍니다. 그제야 샘물이가 울기 시작합니다.

"할아버지, 저 괜찮아요. 제가 갈게요."

"순이야……."

촌장님은 말을 잇지 못합니다.

"아무 말씀 마세요. 마을 사람들을 희생시킬 순 없어요. 저만 가면 되잖아요. 제가 갈게요."

촌장님의 감긴 눈에서 눈물이 떨어집니다.

"할아버지, 샘물이 하루에 세 번씩 두 눈을 엄지손가락으로 꾹꾹 눌러 주셔야 해요. 아프다고 울더라도 꼭이요. 그리고 할아버지도 저 없어도 밥 잘 드시고 잘 지내셔야 해요. 저 금방 돌아올게요."

일본 병사들이 순이에게 다가오는 순간, 촌장님 곁에서 훌쩍거리며 서 있던 훌쩍이가 순이 앞을 가로막습니다.

"안 돼. 못 데려가."

"이 자식은 뭐야? 죽고 싶나? 비켜."

병사 한 명이 훌쩍이의 가슴에 총을 겨누며 엄포를 놓습니다.

"못 비켜. 너네가 비켜. 어떻게 물어보지도 않고 사람을 물건 옮기듯 데려간다는 거야! 너네가 순이 아빠냐? 엄마냐? 니들이 도대체 뭔데 순이한테 이리 가라, 저리 가라 하는 거야? 다 가, 가 버려. 너희들…… 안 가면, 진짜 혼난다. 용이한테 말할 거야. 용이가 돌아오면 너희들 다 혼내 줄 거야. 용이가 니들 궁둥이 한번 걷어차면 일본까지 날아간다."

다케모노가 권총을 들어 훌쩍이를 겨눕니다. 훌쩍이는 어쩌면 그 권총이 곧 발사되리라는 것을 알고 있습니다. 훌쩍이는 단지 훌쩍거릴 뿐이지, 바보가 아닙니다. 훌쩍이는 또 알고 있습니다. 강도처럼 남의 집 대문을 부수고 들어와 식구들이 먹어야 할 밥을 빼앗고, 어린 딸내미까지 데려가는 것은 사람이 할 짓이 아니라는 것을 잘 알고 있습니다. 아무리 무섭더라도 누군가 나서서 바른말을 해야 한다는 것도 알고 있습니다. 비록 바른말을 한 대가가 크더라도 말입니다.

이제 시간이 아주 조금밖에 남지 않은 것 같습니다. 쿵쿵 뛰는 훌쩍이의 가슴속에 훌쩍거리며 살아왔던 자신의 인생이 부채가 펼쳐지듯 한번에 펼쳐집니다. 보고 싶은 아빠, 너무 보고 싶은 엄마, 무서웠던 육발이, 산으로 올라간 엄대, 불쌍한 순이, 기다리고 기다리던 용이…….

탕! 탕! 탕!

다케모노의 권총이 불을 뿜습니다. 한 발만 쏘아도 족할 것을 세 발이나 쏩니다. 훌쩍이의 깡마른 몸이 죽은 소나무가 쓰러지듯 땅바닥으로 무너져 내립니다.

훌쩍이의 가슴에 스며든 사랑하는 이들이 잘가요 언덕 위에서, 길 떠나는 훌쩍이를 향해 정겹게 외쳐 줍니다.

"잘 가요. 잘 가세요."

그렇게 훌쩍이는 먼 길을 떠납니다. 그리고 훌쩍이는 더 이상 훌쩍거리지 않습니다.

4
용이의 전쟁

복수의 맹세

 엄대 아버지와 심마니 구씨가 훌쩍이를 잘가요 언덕 꿀밤나무 아래에 묻어 주었습니다. 훌쩍이가 살아 있을 때 가장 좋아했던 장소이기 때문입니다. 훌쩍이가 생전에 가장 아꼈던 녹이 슨 오세요 종도 함께 묻어 주었습니다. 오세요 종은 결국 다시 울리지 않은 채, 훌쩍이와 함께 땅속 깊숙이 묻히고 말았습니다. 새끼 제비가 날아와, 어디서 주워 왔는지 무덤 위에 말린 고구마 한 조각을 떨어뜨려 줍니다.

 일본군들이 호랑이 마을에서 철수한 지도 벌써 일주일이 흘렀습니다. 다케모노는 호랑이 마을에 주둔하고 있던 747부대원 전원을 자신의 부대인 700부대에 흡수하여 장대봉 기슭의 붉은소나무 마을로 이동시켰습니다. 일본군은 모두 떠났습니다. 가즈오도 가고, 아쯔이도 갔습니다. 그리고 순이도 갔습니다. 가즈오가 지휘하던 747부대의 막사가 있던 곳은 다시 공터로 변했습니다. 을씨년스러운 빈터에 백두산의 겨울을 알리는 칼바람이 불어옵니다.

일본군이 떠난 후 호랑이 마을은 변했습니다. 마을 사람들은 추수한 벼를 나눌 생각도 못 합니다. 일본군이 다시 들러 먼저 절반을 공출해 간 후에야 손댈 수 있기 때문입니다. 게다가 어른들은 일을 하고 싶어도 할 수가 없습니다. 일본군이 떠나면서 쇠붙이가 될 만한 것은 쟁기며 삽이며 가리지 않고 모두 가져가 버렸기 때문입니다. 마을에는 일하는 어른도 없고, 노는 아이도 없습니다. 그 옛날 호랑이가 무서워 방문을 틀어 잠그고 죽은 듯 조용히 지내야 했던 시절처럼, 호랑이 마을은 죽어 가고 있습니다.

순이가 일본군에게 끌려간 후, 촌장님은 식음을 전폐하고 방 안에서 나오시지를 않습니다. 엄대 엄마가 죽을 쑤어다 드려 보지만, 샘물이를 먹여 달라고 할 뿐 본인은 입에 대시지 않습니다. 깊은 슬픔에 잠긴 불쌍한 촌장님은 이대로 굶어 죽으려 하시는가 봅니다. 다만 하루에 세 번씩 샘물이의 두 눈을 눌러 줍니다. 샘물이가 울다 울다 울음이 그칠 때까지 꾹꾹 눌러 줍니다.

심마니 구씨의 말에 따르면, 순이는 지금 다케모노의 700부대가 머물고 있는 붉은소나무 마을 일본군 진지의 한 막사에 구금돼 있다고 합니다. 그곳에는 백두산 일대의 각 마을에서 끌려온 젊은 처녀들이 30명이나 모여 있다고 합니다. 처녀들은 조만간 남쪽으로 이송될 것이라고 했습니다.

새끼 제비는 답답한 마음을 안고 호랑이 마을 위를 빠르게 날아 봅니다. 마을에 다니는 사람이 없으니 재미도 없습니다. 더 이상 공중제비 돌기도 싫습니다. 용이도, 훌쩍이도, 순이도, 모두 떠나가 버렸습니다. 다른 제비들보다도 더 좋아했던 사람들이 하나둘 떠나 버린 지금, 새끼 제비도 호랑이 마을을 떠날 준비를 해야 할까 봅니다. 섭섭한 마음에 창공을 박차고 하늘 위로 높이 올라가던 새끼 제비가 갑자기 잘가요 언덕 쪽으로 다시 방향을 틉니다. 문득 잘가요 언덕 주변 억새밭 사이에서 무언가를 발견한 모양입니다.

누군가 다가오고 있습니다. 꽃이 만발하여 눈처럼 하얘진 억새밭을 가로질러 누군가 걸어오고 있습니다. 덩치가 엄청나게 큰 사내입니다. 이윽고 억새풀에 잠시 가려졌던 사내의 모습이 서서히 드러나기 시작합니다. 호랑이 가죽 외투에 커다란 엽총 두 자루를 메고, 허리춤에는 커다란 칼을 꽂은 채 잘가요 언덕 위 꿀밤나무를 향해 성큼성큼 걸어오는 그 사람은 용이입니다.

새끼 제비는 혹시 잘못 보았나 하여 날개로 두 눈을 비비고 다시 봅니다. 용이가 맞습니다. 어깨까지 자란 긴 머리카락을 칼바람에 휘날리며 빠른 걸음으로 다가오는 그 사내는 용이가 분명합니다. 7년이라는 세월이 지나 이제는 기골이 장대한 청년이 된 용이가 떡 벌어진 어깨에 커다란 엽총을 메고, 호랑이 마을로 돌아온 것입니다.

용이는 잘가요 언덕 꿀밤나무 아래에 봉긋이 솟아 있는 훌쩍이 무덤 앞에 멈춰 섭니다. 한참을 무덤 앞에 말없이 서 있던 용이가 허리춤에 차고 있던 큰 칼을 쑥 뽑습니다. 그리고 자신의 왼쪽 팔뚝을 덮고 있는 호피를 걷어 올립니다. 이윽고 용이는 커다란 칼을 자신의 굵은 팔뚝에 대고 일자로 베어 상처를 냅니다. 살이 갈라지며 빨간 피가 스며 나옵니다. 상처에서 흘러나오는 새빨간 피를 용이는 훌쩍이 무덤 위에 떨어뜨립니다.

뚝, 뚝, 뚝뚝뚝.

굵은 핏방울이 떨어집니다.

꿀밤나무 가지 위에 앉아 이 모습을 지켜보던 새끼 제비의 마음이 불안해집니다. 지금 용이가 하는 행동이 무엇을 의미하는지 잘 알고 있기 때문입니다. 친구의 무덤에 자신의 피를 흘리는 행동은 백두산 호랑이 사냥꾼들 사이에서 오래전부터 전해 내려오던 의식입니다. 동료 사냥꾼이 호랑이에게 물려 죽었을 때, 동료를 죽인 호랑이를 잡아 반드시 복수하겠다는 맹세이지요. 지금 용이는 훌쩍이를 죽인 일본군 지휘관 다케모노 중좌에게 복수하겠다고 피의 맹세를 하고 있는 것입니다.

피는 더 많은 피를 부를 것입니다. 백두산에 서서히 전쟁의 어두운 먹구름이 몰려오고 있습니다.

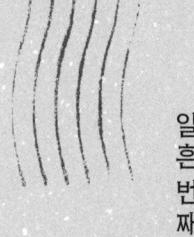

가즈오의 일흔 번째 편지

사랑하고 존경하는 어머니께

제가 여섯 살 때였나요? 기억이 가물가물합니다. 날씨가 쌀쌀한 늦겨울이었던 것 같은데, 과수원을 크게 하던 타쯔미 상 댁에 복숭아나무 가지치기를 하러 가시는 어머니를 따라간 적이 있었지요. 마른 나뭇가지를 하나하나 세심히 살피면서, 이 가지를 칠까 저 가지를 쳐낼까, 한참 고민을 하시던 어머니의 모습이 기억납니다. 전 그때 앙상하게 마른 복숭아 나뭇가지들을 보면서, '봄이 온다고 저렇게 말라비틀어진 나뭇가지에서도 맛있는 복숭아가 열릴까?' 생각하며 신기해했죠. 어머니도 기억하세요? 결국, 이 가지도 살리고 저 가지도 살리고 싶은 마음에 가지를 많이 쳐내지 못하신 어머니는 타쯔미 상의 타박을 들으셨잖아요.

어젯밤, 타쯔미 상의 과수원에서 저 혼자 복숭아를 따는 꿈을 꾸었습니다. 어머니가 고민하다가 쳐내지 않고 살려 두신 마른 가지에 토실토실한 붉은 복숭아가 가득 달렸더군요. 그 광경을 보여 드리고 싶어서 어머니를 목청껏 부르며 집으로 돌아가는 길에 꿈에서 깨어났습니다.

어머니, 꿈에서 깨고 보니 돌아갈 곳이 없군요. 그런데 돌아갈 곳이 없는 현실보다 꿈에서 깨어났다는 사실이 저를 더욱 고통스럽게 만듭니다. 지난 7년 5개월 동안 대일본제국군의 장교로서 대일본제국과 함께 대동아공영이라는 헛된 꿈을 꾸다가 그 꿈에서 깨어나고 보니, 현실 세계의 저는 무고한 사람을 죽이고 힘없는 여자들을 납치하는 악당 패거리의 앞잡이가 되어 있습니다.

어머니, 돌아갈 곳이 없다면 보이지 않는 길로 가겠습니다. 만약 제 계획이 성공한다면 저는 내 조국의 헛된 욕망 때문에 희생된 수백만 명의 생명 중 최소한 한 생명에게라도 사죄할 수 있을 것 같습니다. 어머니께서 쳐내지 않고 살려 주신 그 마른 나뭇가지에 복숭아가 수없이 많이 열렸듯, 제가 살리는 그 한 생명으로부터 우리 일본이 해친 것만큼 새 생명이 다시 태어나기를 바랄 뿐입니다.

어머니, 다시 어머니를 못 뵐지도 모른다고 생각하니 너무 보고 싶습니다. 한 번만, 딱 한 번만이라도 어머니의 품에 안기고 싶습니다. 그러나 저는 비열한 일본군 장교로서 어머니의 품에 안기느니, 용서를 구하는 한 인간으로서 죽어서라도 어머니의 마음에 안기겠습니다.

불효자 가즈오 마쯔에다 올림

결심한 가즈오

가즈오가 고이 접은 편지를 봉투에 집어넣습니다. 어쩌면 이것이 가즈오가 어머니에게 보내는 마지막 편지가 될지도 모르겠습니다. 그가 호랑이 마을을 떠나 이곳 붉은소나무 마을로 온 지도 벌써 일주일이 되었습니다. 아쯔이를 비롯한 부하들은 다케모노 중좌가 지휘하는 상급 부대인 700부대에 전원 편입되었고, 가즈오 자신은 747부대 지휘관 자격에서 직위 해제당한 채 대기 발령 중입니다. 전시 작전 중 지휘관의 자격을 박탈당한 장교의 앞날은 알 수 없습니다. 다시 사병 신분으로 타 부대에 전출되어 전쟁터로 보내질지, 아니면 불명예 제대를 하고 본국으로 송환되어 처벌을 받을지, 신분이 없어진 가즈오는 대기 발령 상태로 상부의 결정을 기다려야 합니다. 그러나 가즈오는 다른 부대로 가지도, 처벌을 받지도 않을 작정입니다.

가즈오는 이틀 후면 한반도 최남단에 있는 항구 도시 부산에 위치한 위안부 대기소로 끌려갈 순이를 탈출시키기로 결심했습니다. 마음 같아서는 순이와 함께 구금되어 있는 스물아홉 명의 여자들을 모두 탈출시키고 싶지만, 그것은 불가능합니다. 혹시 만에 하나 그들 모두가 탈출에 성공한다고 할지라도 오갈 곳 없는 여인들은 필경 산속에서 굶어 죽거나, 아니면 자신들의 집으로 돌아갔다가 도로 잡혀 올 것이 분명하기 때문입니다. 편지 봉투를 봉한 가즈오는 오늘 오전에 아쯔이와 비밀리에 수립한 계획을 곱씹어 보며 꼼꼼하게 점검합니다.

가즈오의 부관으로서 7년 동안 생사고락을 함께하며 가즈오를 상관으로 모셨던 아쯔이는 이미 가즈오의 심경을 읽고 있었습니다. 그래서 순이를 탈출시키려는 계획을 말하는 가즈오의 설명과 부탁에 묵묵히 고개를 끄덕입니다.

내일은 다케모노 중좌의 생일입니다. 저녁 여섯 시부터 700부대원 전원이 회식을 한다고 합니다. 모처럼 오랜만에 그들은 먹고 마시며 취할 것입니다. 군부대에서는 회식을 할 때면 진지의 경비 병력을 최소화합니다. 내일이 바로 그런 날입니다. 아쯔이는 부대 회식이 예정된 저녁 여섯 시부터 새벽 두 시까지 여인들이 구금되어 있는 막사의 경비 업무를 자청해 놓은 상태입니다. 가즈오는 저녁 무렵 진지를 이탈해 붉은소나무 마을 끄트머리의 붉은소나무 숲속 어딘가에 있을 말 한 필을 손에 넣을 것입니다. 이 말은 가즈오가 돈을 주고 이 마을 촌장 김씨로부터 비밀리에 사들인 것입니다. 촌장은 먼 길을 가야 할 말에게 물과 먹이를 잔뜩 먹여 붉은소나무에 매어 놓을 것입니다.

온 부대가 술에 취해 잠들 무렵, 아쯔이는 순이를 조용히 불러내 진지 외곽에 펼쳐진 장군풀밭으로 숨어들어갈 것입니다. 장군풀밭이 끝나는 곳에서는 말을 탄 가즈오가 순이를 기다리고 있을 것이고요. 가을의 장군풀은 길이가 어른 남자 키를 한참 넘어서까지 자라기 때문에 사람이 숨어 움직이기에 안성맞춤입니다. 순이를 만난 가즈오는 아쯔이의 뒤통수를 쳐 상처를 입힐 것입니다. 그런 후 아쯔이는 막사로 돌아와 다른 군인에게 발견될 때까지 기절한 척 쓰러져 있을 것이고, 다케모노가 이 사실을 알게 될 아침쯤에는 가즈오와 순이가 탄 말은 이미 백두산을 벗어나 남쪽으로 향하고 있을 것입니다.

모든 일이 가즈오가 계획한 대로 순탄하게 진행된다면 그리고 순이가 청혼을 받아들여 준다면, 가즈오는 순이와 함께 일본으로 밀항할 생각입니다. 가즈오의 어머니가 계시는 집으로 돌아가 농사를 지으며, 순이는 엄마가 되고 가즈오는 아빠가 되어 아들 둘, 딸 둘을 낳고 조용히 살아갈 것입니다.

이 모든 것을 상상하며 탈출 계획을 재점검한 가즈오는 천막 지붕을 뚫고 새어 들어오는 달빛을 바라봅니다. 달빛이 환합니다. 내일은 저 달이 떠오르지 않아야 합니다. 달빛이 밝으면 탈출하다가 발각될 수 있기 때문입니다.

같은 시각, 조각조각 부서진 달빛이 불쌍한 조선 여인들이 갇혀 있는 천막 지붕 사이를 뚫고 스며듭니다. 서른 명의 여인들이 빼곡히 누워 잠을 청하고 있습니다. 여기저기서 흐느껴 우는 울음소리가 들립니다. 특히 가장 어린 정아가 제일 서럽게 웁니다. 정아는 이곳에 끌려온 지 벌써 보름이 넘었습니다. 분명 14세에서 25세까지의 젊은 여자들만 징발하는 거라고 했는데, 뭔가 착오가 있었나 봅니다. 백두 마을에서 끌려온 정아는 이제 겨우 열두 살밖에 되지 않았습니다. 정아는 아픈 엄마와 배고픈 동생들을 위해 나물을 캐러 산에 올랐다가 마침 지나가던 일본군의 눈에 띄어, 나물 캐던 옷차림 그대로 이곳까지 끌려왔습니다. 훌쩍훌쩍 우는 정아의 등을 토닥거리며 위로해 주는 따스한 손이 있습니다. 순이의 고운 손입니다. 정아 옆에 모로 누운 순이는 마음속으로 엄마별에게 간절히 소원을 빌고 있습니다.

"엄마, 할아버지가 끼니 잘 챙겨 드시고, 오래오래 건강하게 살게 해 주세요. 샘물이, 우리 불쌍한 샘물이, 눈 꼭 낫게 해 주세요. 더 이상 그 예쁜 눈에서 눈물이 흐르지 않도록, 중국에 간 샘물이 엄마랑 아빠가 얼른 돌아와 샘물이와 함께 행복하게 살게 해 주세요. 아직 살아 있다면, 용이가 이제는 엄마별을 볼 수 있게 도와주세요. 더 이상 외로운 산에서 홀로 고생하지 않고, 이제는 산에서 내려와 사람들과 더불어 살 수 있게 해 주세요. 백호한테 물려서 생긴 마음의 상처를 엄마별이 이미 품고 있다는 것을 용이에게 알려 주세요. 엄마, 이곳의 우리들을 보호해 주세요. 어디로 갈지 모르지만, 어디로 가든 너무 아프고 힘들지 않았으면 좋겠어요. 우리가 가는 곳이 견딜 수 없을 만큼 아프고 힘든 곳이라면 우리를 빨리 엄마별로 데려가 주세요. 엄마와 함께 평화로운 곳에서 살 수 있도록요. 엄마…… 저, 지금 너무 무서워요."

구슬 같은 눈물이 순이의 두 뺨을 타고 한없이 흘러내립니다.

작별 인사

 한편, 붉은소나무 마을을 비추는 달빛은 멀리 호랑이 마을 촌장 댁 마당도 공평하게 비춰 줍니다. 텅 빈 마당에 놓인 커다란 엽총 두 자루와 큰 칼이 달빛을 받아 번쩍 빛납니다. 촌장 댁 안방에서 두런두런 말소리가 들립니다. 7년 만에 돌아온 용이가 촌장님을 만나고 있네요.
 "황 포수는……."
 모처럼 자리에서 일어나 앉은 촌장님 옆으로 샘물이가 잠들어 있습니다.
 "3년 전에 시베리아에서 돌아가셨습니다."
 "……."
 촌장님은 황 포수가 어떻게 죽었는지 묻지 않습니다. 호랑이 사냥꾼이 어떻게 죽었는지 묻는 것은 예의가 아니기 때문입니다.

"자네는 왜 돌아왔는가?"

"작별 인사를 드리러 왔습니다."

"작별 인사라니?"

"순이를 대신해서 작별 인사를 드리러 왔습니다."

"그 아이한테 무슨 일이 벌어졌는지 알고 있는가?"

"네, 알고 있습니다. 어디에 있는지, 언제, 어디로 가게 되는지 전부 알고 있습니다"

촌장님은 용이가 무슨 말을 하려는지 알 것 같습니다. 용이가 말을 잇습니다.

"호랑이 산 깊은 골짜기에 아버지와 제가 지어 놓은 움막이 하나 있습니다. 아주 깊은 산속에 있어서 사람들이 찾아내기 힘든 곳입니다. 우선 그곳으로 순이를 데리고 가겠습니다."

"그들이 가만히 놓아줄 것 같은가?"

"그곳도 위험해지면, 국경을 넘어 중국으로 가겠습니다."

조용하지만 단호한 용이의 말투는 예전 황 포수의 말투를 꼭 빼다 박은 듯합니다. 잠시 침묵이 흐른 뒤, 촌장님이 말합니다.

"자네 혼자서…… 수많은 군인들과 싸우려 하는가?"

"네."

새끼 제비의 예감이 맞았습니다. 용이는 전쟁을 하려는 것입니다.

깊은 한숨을 내쉰 촌장님이 더듬더듬 용이의 손을 찾습니다. 용이가 거칠고 커다란 손을 내밀어 촌장님의 마른 손을 잡아 드립니다.

"우리 순이를 부탁하네. 순이를 만나면, 샘물이는 잘 보살피고 있으니 걱정 말라고, 내 걱정도 하지 말고 먼저 살길을 찾으라고 전해 주게."

"네."

"그리고 그때⋯⋯ 그건 자네 잘못이 아니었는데⋯⋯ 황 포수와 자네를 품어 주지 못해서⋯⋯ 미안했네."

촌장님의 이야기를 들으며 용이가 잠들어 있는 샘물이를 바라봅니다. 샘물이가 쌔근쌔근 평화롭게 자고 있습니다.

서걱, 서걱.

촌장님과 이야기를 마친 용이가 밤새도록 촌장 댁 마당에 앉아 나무를 깎고 있습니다. 화살을 만드는 중입니다. 능숙한 용이의 칼 솜씨에 나뭇가지가 날카로운 화살로 변합니다. 용이는 기름을 잔뜩 먹인 천 조각을 둘둘 말아 날카로운 화살 끝에 잡아 묶습니다. 그렇게 만들어진 화살이 열두 개나 됩니다. 내일이면 용이가 만든 열두 개의 화살은 되잡을 수 없을 만큼 빠른 속도로 누군가를 향해 날아갈 것입니다. 그리고 전쟁이 시작될 것입니다.

결전의 밤

하루가 지났습니다. 붉은소나무 마을의 700부대 진지에는 활기가 넘칩니다. 오늘은 다케모노의 생일을 맞아 모처럼 회식이 있는 날이기 때문입니다. 오후가 되자 병사들은 회식 준비에 분주해집니다. 한 무리의 병사들이 진지 앞 공터에서 장작불을 피우더니, 잠시 후 활활 타오르는 불 위로 커다란 가마솥을 겁니다. 저 멀리서 병사 두 명이 어미 돼지를 끌고 오는 중입니다. 마을 주민에게서 강제로 빼앗은 돼지입니다.

꽤액, 꽤액!

억지로 끌려오는 어미 돼지가 구슬프게 웁니다.

붉은소나무 마을로 향하는 장대봉 중턱의 가문비나무 사이로 빠르게 움직이는 발이 보입니다. 휙휙 앞으로 달려 나가는 속도가 호랑이처럼 빠른 그는 용이입니다. 용이의 양어깨에는 탄알을 장전한 엽총 두 자루가 걸려 있습니다. 허리춤에는 큰 칼이 꽂혀 있고, 그 옆으로 단검도 두 자루가 달려 있네요. 넓은 등에는 기름을 잔뜩 먹인 화살이 가득 든 화살통과 활도 보입니다. 중무장을 한 용이가 붉은소나무 마을을 향해 달리고 있습니다. 벌써 두 시간을 달려 지칠 만도 하지만, 일자로 굳게 다문 입술은 조금도 벌어지지 않습니다. 용이는 생각이 복잡합니다. 머릿속에서는 오늘 밤 일본군과 벌일 한판을 위한 작전을 이미 여러 번에 걸쳐 실행해 보고 있는 중입니다. 용이에게는 이미 전쟁이 시작됐습니다. 가문비나무 숲 상공에는 새끼 제비가 떠 있습니다. 새끼 제비는 호랑이 마을에서부터 줄곧 용이를 따라가는 중입니다. 빠른 걸음으로 내달리는 용이를 놓치지 않으려고 날개를 파드닥거리며 안간힘을 씁니다. 하지만 바람처럼 숲을 가르며 달려 나가는 용이의 기세를 좀처럼 따라잡기 힘듭니다.

시간은 기다리지 않고 흘러 밤이 다시 찾아옵니다. 해는 넘어가는데 달은 떠오르지 않네요. 달님이 오늘만큼은 가즈오의 바람을 들어주기로 했나 봅니다. 뿌려 놓은 사금처럼 백두산의 밤하늘을 수놓던 별들도 오늘은 모두 자취를 감추었습니다. 별 하나 없는 밤하늘이 먹물을 풀어 놓은 것처럼 새까맣기만 합니다. 붉은소나무 마을 초입에 위치한 일본군 진지는 먹고 마시는 병사들의 소리로 왁자지껄합니다.

조선 여인들이 감금되어 있는 비좁은 천막 안에서, 서른 명의 여인들은 모두 같은 생각을 하고 있습니다. 이별입니다. 고향과의 이별, 사랑하는 가족과의 이별…… 수없이 많은 이별이 여인들을 기다리고 있습니다. 낮에 이곳을 지키던 경비병으로부터 오늘 밤이 지나면 여기를 떠나게 될 것이라는 말을 들었기 때문입니다. 여인들은 열차에 태워져 한반도의 남쪽에 있는 부산이라는 항구 도시로 옮겨질 것이라고 합니다. 그곳에서 전국 각지에서 온 여인들과 합류하고, 다시 분류되어 일본군 위안소가 있는 각지로 뿔뿔이 흩어지게 될 것이라고 했습니다. 그곳이 중국이든, 일본이든, 동남아든, 여인들은 배당된 목적지에 도착할 때까지 자신들이 어디로 가는지도 모른 채 화물처럼 운반될 것입니다.

지난 며칠 동안 함께 있어서 그나마 서로 정들고 의지가 되었는데, 이 젊은 여인들에게는 서로 정드는 것조차 허락되지 않나 봅니다. 미래를 알 수 없는 불안감이 매캐한 연기처럼 비좁은 천막 안에 가득 차 있습니다. 천막 밖에서는 술에 취한 일본군 병사들이 부르는 군가 소리가 밤하늘로 울려 퍼집니다.

왁자지껄 취한 분위기와는 달리 호롱불이 꺼져 있는 작은 천막이 하나 있습니다. 가즈오의 천막입니다. 쥐 죽은 듯 조용한 천막 내부는 깨끗하게 정리된 채 텅 비어 있습니다. 비어 있는 것이 당연합니다. 가즈오는 벌써 붉은소나무 숲에 있던 말을 끌고 장군풀밭으로 향하고 있으니까요.

정신없이 먹고 마시던 병사들이 하나둘 천막으로 들어가기 시작합니다. 돼지고기에 배가 부르고, 술에 취해 마음도 부르고 나니 이제는 잠이 고파졌나 봅니다.

일본군 진지 한가운데로

 달과 별이 함께 약속이나 한 듯 떠오르지 않는 이 밤, 일본군 진지를 에워싸고 있는 붉은소나무 숲은 칠흑같이 어둡기만 합니다. 이 어둠 속에서 진지를 쏘아보고 있는 두 눈이 있습니다. 용이의 눈입니다. 어두워지기 전 이곳에 도착한 용이는 벌써 몇 시간째 미동도 하지 않고 진지를 관찰 중입니다. 눈대중으로 세어 본 군인만 백 명이 훌쩍 넘습니다. 예상보다 많습니다. 일렬로 늘어서 있는 막사 중 여인들이 감금되어 있는 막사는 중앙에 있는 일곱 번째 막사이고, 그 앞에는 경비병이 한 명 서 있습니다. 마지막 열두 번째 막사는 사람이 있는 곳이 아닙니다. 그곳은 700부대의 탄약과 총, 폭약을 보관하는 무기 창고입니다.

 용이의 이마에서 굵은 땀방울이 흘러내립니다. 미끄러지듯 흘러내린 굵은 땀방울이 부릅뜬 용이의 눈으로 스며들어 갑니다. 그러나 진지를 노려보고 있는 용이의 눈은 꿈쩍도 하지 않습니다. 거리를 재고 있는 중입니다. 자신과 첫 번째 막사 간의 거리, 두 번째 막사와의 거리, 막사와 막사 간의 거리, 이 모두를 눈대중으로 재서 머릿속에 저장하는 중입니다. 용이는 과연 백 명도 넘는 군인들을 어떻게 공격하려는 걸까요?

마지막까지 남아 술을 마시던 한 무리의 병사들이 비틀비틀 본인들 막사를 찾아 들어갑니다. 일본군 진지가 조용해집니다. 쥐 죽은 듯 조용해진 그곳에서는 기침 소리 하나 나지 않습니다. 끝까지 타오르던 모닥불의 불씨마저 꺼지자, 잠든 진지를 완벽한 어둠이 덮어 버립니다. 숲속 용이의 눈에도 더 이상 아무것도 보이지 않습니다. 용이는 아직도 미동이 없습니다. 병사들이 깊은 잠에 빠져들기를 기다리는 것입니다.

어둠 속에 홀로 서 있던 아쯔이가 여인들이 감금되어 있는 막사 안으로 조용히 들어섭니다.

"쑨니!"

빼곡히 누운 틈새에서 칼잠을 자던 순이가 눈을 뜹니다. 아쯔이의 달덩이처럼 동그란 얼굴이 자신을 내려다보고 있습니다.

"쉿!"

놀란 순이가 행여 소리를 지를까 두려워, 아쯔이는 손가락을 자신의 입술에 갖다 대며 조용히 하라고 경고합니다.

"따라와."

아쯔이는 낮은 목소리로 이야기합니다. 순이가 천천히 몸을 일으키는데, 옆에서 자던 정아가 눈을 동그랗게 뜨고 순이에게 묻습니다.

"언니, 어디 가?"

"상관 말고 눈 감아라. 눈 감아, 어서!"

당황한 아쯔이가 최대한 무서운 표정을 지으며 정아를 위협합니다. 아쯔이의 위협에 정아가 이내 입을 다물고, 두 눈을 질끈 감습니다. 영문을 모르는 순이는 아쯔이를 따라 나섭니다. 아쯔이가 순이의 오른팔을 꽉 잡은 채 말없이 막사 앞 빈터를 가로질러 갑니다. 어둠 속에 끌려가는 순이는 자신을 어디로 데려가느냐고 묻지 않습니다. 아쯔이의 재촉에 주눅 들었기 때문은 아닙니다. 지금보다 더 나은 곳으로 데려갈 것이라는 기대감 때문도 아닙니다. 그저 지금은 물을 때가 아니라, 잠잠할 때라는 생각이 들었기 때문입니다. 비록 칠흑 같은 어둠에 가려 밤하늘의 엄마별이 눈에 보이지는 않지만, 지금 이 순간에도 저 어둠 건너편에서 자신을 비춰 주고 있다는 것을 믿기에, 순이는 어디로 가든 상관없습니다. 어디를 어떻게 거쳐 가든 결국에는 엄마별을 만나게 될 것이라고 믿기 때문입니다.

빠른 걸음으로 일본군 진지에서 벗어난 아쯔이와 순이가 외곽에 펼쳐져 있는 장군풀밭 어귀에 이릅니다. 눈앞에 펼쳐진 풀밭에는 사람 키보다 높은 밤색 장군풀들이 저마다 얼굴을 들고 빽빽하게 서 있습니다. 키 큰 장군풀들의 얼굴 아래로 막 피어나기 시작한 작은 노란색 꽃들이 목도리처럼 감겨 있습니다. 그제야 아쯔이가 움켜쥐었던 순이의 팔뚝을 놓더니 숨을 몰아쉽니다. 걸어오는 동안 숨을 한 번도 쉬지 않고 참았던 사람처럼 가쁜 숨을 몰아쉬던 아쯔이가 순이에게 말합니다.

"쑤니 상, 조금만 더 가면 된다. 가즈오 님이 이 장군풀밭이 끝나는 곳에서 기다리고 계신다."

아쯔이의 입에서 반가운 '가즈오'라는 이름을 들은 순이는 아직도 뭐가 뭔지 잘 모르겠습니다.

"가즈오 님이 지금 쑤니 상을 구하려는 것이다. 다른 군인들이 눈치채기 전에 빨리 가야 한다."

아쯔이가 순이를 재촉해 장군풀밭으로 들어섭니다. 바로 그 순간,

쉭!

하는 소리와 함께 어두운 밤하늘을 가르며 불화살 한 개가 일본군 진지를 향해 날아갑니다. 진지 근처의 붉은소나무 숲에서 발사된 불화살은 포물선을 그리며, 다케모노 중좌가 잠들어 있는 장교 막사 위로 정확하게 떨어집니다.

쉭, 쉬익, 쉬익, 쉭!

곧 이어서 한 개, 두 개, 세 개, 아니 열 개가 넘는 불화살들이 밤하늘을 가르며 날아옵니다. 꼬리에 꼬리를 물고 날아가는 불화살들이 마치 어둠을 가르며 날아오는 황금빛 용 같습니다. 불화살들은 자로 잰 듯 정확하게, 술 취한 병사들이 잠들어 있는 막사 위로 떨어집니다. 불화살을 맞은 막사들이 순식간에 불더미로 변합니다. 불타오르는 막사들로 갑자기 세상이 대낮처럼 환해집니다. 붉은소나무 숲 언저리에서 마지막 불화살을 쏘아 올린 용이가 엽총 두 자루를 양손에 꼬나든 채, 불타오르는 일본군 진지를 향해 내달리기 시작합니다. 휙휙 미끄러지듯 앞으로 달려 나아가는 모습이 마치 먹이를 덮치는 맹수처럼 거침없습니다. 용이가 마지막으로 쏘아 올린 불화살이 탄약과 폭약 등이 보관되어 있던 열두 번째 막사 위로 떨어집니다.

쾅! 콰콰쾅!

일본군 무기 창고가 폭음과 화염에 통째로 찢겨 날아갑니다. 불붙은 탄약들이 한꺼번에 터지기 시작하면서 엄청난 폭발이 일어난 것입니다.

장군풀밭을 중간쯤 건너온 순이와 아쯔이가 발걸음을 멈춘 채, 활활 타오르는 일본군 진지를 바라봅니다.

핑, 피융, 피융!

제멋대로 터져 나가는 탄약들이 밤하늘에서 불꽃놀이를 펼칩니다. 잠자다가 불벼락을 맞은 병사들이 막사 밖으로 혼비백산하여 튀어나옵니다. 뛰쳐나오는 몇몇 병사들의 옷에는 불이 붙어 있습니다. 총을 집어 들고 나온 병사들도 있지만 적이 어디에 있는지, 누구에게 총을 쏘아야 할지 몰라 우왕좌왕합니다. 아무렇게나 쏘아 대는 병사들의 총소리와 몸에 붙은 불을 끄려는 병사들의 비명이 진지에 가득합니다. 아비규환 그 자체입니다.

엽총 두 자루를 꼬나든 용이가 일본군 진지 한가운데로 뛰어듭니다. 불에 활활 타오르는 천막들을 지나, 여인들이 구금되어 있는 천막으로 달려 나갑니다. 용이를 발견한 일본군 병사들이 총을 겨눌 새도 없이, 용이의 엽총이 먼저 불을 뿜습니다. 병사 한 명이 고꾸라집니다. 이내 다른 손에 들려 있던 엽총도 불을 뿜고, 또 다른 병사 한 명이 뒤로 자빠집니다. 거침없이 달려 나가는 용이 앞으로 날이 시퍼렇게 선 일본도를 뽑아 든 군인이 막아섭니다. 바로 700부대의 지휘관 다케모노 중좌입니다. 다케모노를 발견한 용이는 양손에 든 엽총들을 던져 버리고, 내달리던 속도 그대로 탄력을 받아 훌쩍 다케모노를 향해 몸을 날립니다. 어른 키보다도 높게 뛰어, 그 뛰어오른 높이보다 세 배는 더 날아가는 모습은 그 옛날 엄대네 어미 소를 물고 호랑이 마을 담벼락을 뛰어넘던 거대한 호랑이의 모습 바로 그것입니다. 당황한 다케모노는 자신을 향해 날아오는 용이를 향해 일본도를 휘두릅니다.

쉬익!

날이 바짝 선 일본도가 허공을 가릅니다. 그러나 말 그대로 다케모노의 일본도는 허공만 갈랐을 뿐입니다. 용이의 단검은 이미 다케모노의 목을 뚫고 깊숙이 박혀 버렸습니다. 대일본제국 700부대장 다케모노 중좌는 억 소리 한번 지르지 못합니다. 가슴에 훈장을 주렁주렁 단 다케모노의 몸이 썩은 막대기처럼 땅바닥으로 허물어집니다.

다케모노를 일격에 쓰러뜨린 용이가 일본군 진지의 막사 중 유일하게 불화살 세례를 받지 않은 일곱 번째 막사를 향해 달려갑니다. 여인들이 감금되어 있는 곳입니다. 입구를

막고 있는 나무 문을 부수고 용이가 막사 안으로 뛰어듭니다. 병아리들처럼 구석에 몰려 앉아 울고 있던 힘없는 여인들이 급작스러운 용이의 출현에 놀라 비명을 지릅니다.

"순이야! 순이야!"

용이가 큰 소리로 순이를 부르지만 대답이 없습니다. 몰려 앉아 있는 여인들의 얼굴을 한 명, 한 명 살핍니다. 시간이 없습니다. 잠시 후면 사태를 파악한 일본군들이 이곳으로 몰려들 것입니다. 다급해진 용이가 다시 외칩니다.

"순이야! 나야, 용이. 널 데리러 왔어!"

"저기…… 저쪽…… 저 너머로 갔어요. 일본군이 들어와서 끌고 갔어요."

구출

 누군가 떨리는 목소리로 이야기합니다. 목소리의 주인공은 정아입니다. 정아가 손을 들어 멀리 진지 외곽에 펼쳐진 장군풀밭을 가리킵니다. 가느다란 손가락이 바르르 떨립니다. 고개를 돌려 방향을 확인한 용이가 달려 나가다 말고 우뚝 멈춰 섭니다. 그리고 공포에 질려 있는 여인들을 향해 큰 소리로 외칩니다.

 "도망치세요! 살고 싶으면 절대 끌려가서는 안 됩니다."

 오글오글 몰려 앉아 떨고 있는 여인들은 움직일 엄두를 내지 못하고 있습니다. 용이가 팔을 들어 왼쪽을 가리킵니다.

 "북서쪽이에요. 무조건 북서쪽으로 가세요. 호랑이 산 반대쪽입니다. 일본군들은 모두 호랑이 산으로 몰릴 거예요. 북서쪽으로 하루를 넘어가면 삼기봉 자락에 있는 삼기 마을이 나와요. 얼른 뛰세요! 모두 살 수 있습니다."

문을 박차고 나온 용이 뒤로, 여인들이 우르르 쏟아져 나옵니다. 뛰쳐나온 여인들이 북서쪽 방향의 붉은소나무 숲속으로 사라집니다. 용이가 다케모노의 천막 옆에 매여 있는 주인 잃은 검정말에 훌쩍 올라탑니다. 놀란 다케모노의 말이 히히힝 울며 앞발로 허공을 차는가 싶더니, 곧이어 불타오르는 막사들 사이를 뚫고 속력을 내 달립니다.

장군풀밭 끄트머리에서 말고삐를 잡고 순이를 기다리던 가즈오는 자신의 눈을 믿을 수가 없습니다. 무적의 700부대 진지가 공격을 받아 불타오르다니요. 적이 누군지는 모르지만, 공격이 치명적이었는지 진지가 순식간에 쑥대밭으로 변하고 있습니다. 가즈오는 일이 크게 잘못되고 있음을 깨닫습니다.

'중공군일까? 아니면 조선 독립군일까?'

이 엄청난 상황을 나름대로 가늠해 보는 가즈오의 두 눈에 멀리 장군풀밭 중간쯤에 머물러 있는 두 개의 그림자가 가물가물 보이는 듯합니다.

"순이 씨와 아쯔이다."

확신한 가즈오는 더 지체하지 않고 말에 올라 장군풀밭으로 뛰어듭니다.

"이랴!"

채찍을 맞은 말이 하얀 콧김을 내뿜으며 재빠르게 내달립니다. 누런 밤색의 장군풀밭 중간 지점에서는 실랑이가 벌어지고 있습니다.

"아, 돌아가야 해요. 정아랑 다른 여자애들이 저 불타는 천막 안에 있어요."

애타는 순이가 애원합니다.

"안 돼! 너무 위험해. 빨리 가. 가즈오 님이 건너편에서 기다린단 말이야."

"안 돼요. 저 혼자 갈 수 없어요. 문을 열어 줘야 해요. 문이 밖에서 잠겨 있단 말이에요."

가냘픈 순이가 이 순간만큼은 바위처럼 단호합니다. 아쯔이가 순이의 팔을 움켜잡으려는데, 순이가 완강하게 뿌리칩니다.

"저 혼자 안 가요. 저 불쌍한 애들 두곤 못 가요."

철썩!

아쯔이가 순이의 뺨을 때립니다. 순이의 고개가 옆으로 꺾입니다.

"네가 못 구해. 네가 다 못 구해. 어서 가. 너라도 구하란 말이야. 시간이 없어."

애가 탄 아쯔이가 순이에게 소리를 지르더니, 순이의 팔을 단단히 부여잡습니다. 강제로라도 끌고 갈 모양입니다.

장군풀밭 건너편에서 중앙을 향해 말을 타고 달려오는 가즈오의 시야에 두 사람의 모습이 들어옵니다. 아쯔이와 순이입니다. 높다란 장군풀 때문에 보였다 안 보였다 합니다. 이제 잠시 후면 만날 수 있습니다. 50미터, 40미터, 30미터……. 애타게 기다리던 순이의 얼굴이 이제 선명하게 보이기 시작합니다. 가즈오는 반가운 마음에 순이의 이름을 소리쳐 부릅니다.

"순이 씨!"

아쯔이와 순이도 가즈오를 발견합니다. 아쯔이가 말을 타고 달려오는 가즈오를 보고 안도의 숨을 내쉬는 바로 그 순간,

어흐흥!

장군풀밭 속의 세 사람에게 포효가 들려옵니다. 그들이 들은 소리는 분명 사람의 소리가 아닌, 성난 호랑이의 엄청난 포효입니다. 천둥 같은 맹수의 포효에 놀란 가즈오의 말이 갑자기 멈추려는 듯, 앞발을 허공으로 쳐듭니다. 달려오던 속도 그대로 가즈오가 말에서 떨어져 장군풀 사이로 뒹굽니다. 아쯔이와 순이가 소리가 들린 방향을 따라 동시에 뒤돌아봅니다. 장군처럼 버티고 선 커다란 장군풀들 사이

에서 검정말을 탄 용이가 무서운 기세로 달려 나옵니다. 쓰러진 가즈오의 눈에도 용이가 보입니다. 커다란 호랑이 가죽을 걸친 거친 사나이의 긴 머리카락이 바람에 나부끼는가 싶더니, 다음 순간 그 사나이의 커다란 주먹이 순이의 팔을 부여잡고 있던 아쯔이의 턱을 때립니다.

마치 철퇴에 맞은 듯, 아쯔이는 뒤로 다섯 자쯤 날아가 나자빠집니다. 호랑이 사내는 굵은 팔을 뻗어, 순이를 번쩍 안아 들더니 자신의 말에 태웁니다. 그리고 고삐를 틀어 북동쪽으로 치고 나갑니다. 이 모든 일이 가즈오의 눈앞에서 번개 치듯 순식간에 벌어집니다. 가즈오가 쓰러져 있는 아쯔이에게 달려갑니다. 아쯔이는 단 한 번의 주먹에 정신을 잃고 기절해 버렸습니다. 가즈오가 다시 눈을 들었을 때는 호랑이 사내와 순이가 탄 말이 이미 장군풀 너머로 사라진 뒤였습니다.

수색

날이 밝았습니다.

밤새 타오른 붉은소나무 마을의 700부대 진지는 거대한 잿더미로 변했습니다. 잿더미 사이에서 끝없이 흘러나오던 매캐한 연기는 점심나절이 되어서야 사라졌습니다. 연기가 사라진 그곳에 남은 것이라고는, 흩날리는 재와 전날 공격에 희생당한 여섯 구의 시체뿐입니다. 다케모노 중좌의 시체에는 일장기가 덮여 있습니다. 부상을 입은 자들은 열 명도 넘는데, 대부분 화상 입은 병사들입니다. 화상을 입어 신음하는 병사들 사이에 턱과 머리에 붕대를 칭칭 감은 아쯔이가 덩그마니 앉아 있습니다. 어젯밤 사건으로 한층 더 늙고 지쳐 보입니다.

수색을 나갔던 일본군 병사들이 다케모노의 검정말을 끌고 돌아옵니다. 말은 장대봉 북동쪽의 호랑이 산 기슭에서 발견되었습니다. 적이 도주한 방향을 파악한 일본군이 갑자기 분주해지더니, 이윽고 전령들이 바삐 출발합니다. 그들은 백두산 전역에 퍼져 있는 모든 일본군 부대로 급한 전갈을 가져가는 중입니다. 달이 뜨고 달이 지니 하루가 또 지납니다.

다음 날, 아침부터 일본군 부대가 호랑이 산 기슭의 호랑이 마을에 집결하더니, 오후까지도 그 행렬이 끊이지를 않습니다. 717부대, 727부대, 737부대, 757부대, 767부대. 백두산 전역에서 몰려온 각 부대의 깃발이 열 개도 넘습니다. 호랑이 마을 주민들은 파도처럼 밀려오는 일본군의 기세에 눌려 아예 문 밖으로 나서지도 못하고, 쥐 죽은 듯 방 안에 숨어 있습니다. 텅 빈 마당에 홀로 앉아, 보이지 않는 눈으로 하늘을 바라보던 촌장님이 보일 듯 말 듯 옅은 미소를 짓습니다. 촌장님은 왜 이리도 많은 수의 일본군들이 호랑이 마을로 밀려드는지 알고 있습니다. 용이가 약속한 대로 순이를 구해 낸 것입니다.

새끼 제비가 창공을 가르며 호랑이 마을 쪽으로 날아옵니다. 삼기봉에 다녀오는 길입니다. 날아갈 듯 기분 좋아진…… 아니죠, 진짜 날고 있으니까요. 어쨌든 기분이 좋아진 새끼 제비가 공중제비를 열네 차례나 돕니다. 왜 기분이 좋냐고요? 이틀 전, 붉은소나무 마을에서 탈출했던 스물아홉 명의 여인들이 모두 무사히 삼기 마을에 도착했기 때문입니다. 참 다행이지요? 정아가 다시 가족의 품으로 돌아가게 되었으니까요. 여인들은 삼기 마을까지 오는 도중에 일본군을 단 한 명도 만나지 않았다고 합니다. 사람들은 하늘이 도왔다고 하지만, 새끼 제비는 진짜 이유를 알고 있지요. 백두산의 모든 일본 군인들이 용이를 쫓아 호랑이 마을로 집결하고 있기 때문이라는 것을요.

호랑이 마을 상공에 도착한 새끼 제비는 개미 떼처럼 새까맣게 밀려드는 일본군을 보고 눈을 동그랗게 뜹니다.

"한 명, 두 명……."

새끼 제비는 병사들의 숫자를 육백까지 세고 포기하고 맙니다. 그 뒤로도 계속 오는 것으로 보아, 이곳에 모인 일본군의 숫자는 못해도 천 명은 족히 넘을 것 같습니다.

"큰일 났네. 일본군들이 호랑이 산을 통째로 포위하려는 것 같은데, 해도 해도 너무한다. 고작 한 명 잡으려고 이렇게들 모이냐? 그건 그렇고, 얘네 둘은 도대체 어디로 사라진 거지?"

사실 새끼 제비는 어제 아침부터 용이와 순이의 행방을 찾고 있습니다. 다케모노의 검정말에서 내린 용이가 순이를 들쳐 업고 호랑이 산에 오르는 것까지는 보았는데, 이들이 이깔나무 숲 아래로 사라지면서 그만 놓치고 만 것입니다. 새끼 제비는 어제 하루 꼬박 호랑이 산 위를 날아다니며 두 사람을 찾아 헤맸지만, 둘의 모습은 호랑이 산 어디에도 보이지 않았습니다. 오늘은 아침부터 삼기봉까지 날아갔다 오느라 지칠 만도 한데 그렇다고 용이와 순이 찾는 것을 포기할 수는 없습니다.

"마지막으로 한 번만 더 둘러봐야겠다."

새끼 제비가 어제는 미처 살펴보지 않았던 호랑이 산 중턱에 있는 바위 언덕으로 빠르게 날아갑니다. 청명한 개울 위의 바위 언덕은 경사가 너무나 가팔라서 사람이 도저히 기어올라갈 수 없을 거라는 지레짐작에 둘러볼 생각을 안 했던 곳입니다. 용이 혼자서야 바위 언덕을 기어올라갈 수 있겠지만, 순이를 업고 낭떠러지 같은 바위 언덕을 오른다는 것은 도저히 불가능한 일이지요. 새끼 제비가 힘껏 날갯짓하며 가파른 바위 언덕 위로 날아 올라가는데, 갑자기 하얀 물방울들이 날개를 때리기 시작합니다.

"이크, 날개 젖겠다."

새끼 제비가 바위에 부딪혀 조각조각 부서지는 하얀 물방울들을 피해 옆으로 비껴 나는데, 바위 언덕 꼭대기에 조금 못 미친 지점에 조그마한 동굴이 하나 보입니다. 언덕 아래에서 보았을 때는 떨어지는 폭포에 가려서 보이지 않았는데, 옆에서 보니 폭포가 되어 떨어지는 물살과 바위벽 사이에 작은 동굴이 숨어 있군요. 새끼 제비는 총알처럼 날아오는 물방울들을 요리조리 피해 작은 폭포 사이의 동굴로 곡예하듯 날아 들어갑니다. 막상 좁은 동굴 안으로 들어서자 빛이 하나도 들어오지 않아 무척이나 춥습니다. 춥고 음산한 동굴 천장에 무엇인가 오글오글 붙어 있는 것이 보입니다. 아뿔싸! 박쥐 떼입니다. 쉰 마리도 넘는 시커먼 박쥐 떼가 동굴 천장에 거꾸로 매달려 있습니다. 그런데 자세히 보니 모두 낮잠을 자고 있군요. 박쥐 떼가 깨어나면 새끼 제비는 무슨 낭패를 당할지 모릅니다. 창공에서라면 훨씬 빠른 제비가 박쥐 따위를 무서워할 이유가 없겠지만, 좁디좁은 동굴에서는 사정이 다릅니다. 여기서는 새끼 제비도 날쌔게 날 수 없거든요. 새끼 제비는 날갯짓을 멈추고, 차가운 동굴 바닥에 내려앉습니다. 그리고 살살, 아주 조심스럽게 가느다란 다리로 걸어서 천장에 거꾸로 붙어 잠자고 있는 박쥐 떼 아래로 지나갑니다. 날개를 접고 아슬아슬하게 걸어가며 새끼 제비가 안도의 한숨을 쉽니다.

박쥐 떼에게 들키지 않고 무사히 좁은 동굴을 빠져나온

새끼 제비의 눈에 하늘로 쭉쭉 뻗어 있는 붉은소나무 숲이 보입니다. 붉은소나무 마을처럼 이곳에도 붉은소나무가 참 많습니다. 새끼 제비는 우거진 숲을 한눈에 살펴보기 위해 공중으로 치솟아 오릅니다.

"찾았다!"

하늘에서 내려다보니 붉은소나무 숲 사이에 거짓말 같은 풍경이 펼쳐져 있습니다.

우거진 소나무들 사이에 작은 마당이 있고, 그 마당 한가운데에 작은 움막이 한 채 있습니다. 움막 옆으로는 갖가지 꽃들이 만발하고, 꽃밭 옆에는 작은 텃밭도 있네요. 움막의 생김새로 보아 황 포수와 용이의 솜씨가 분명합니다. 이곳은 황 포수가 살아 있을 때 용이와 둘이 살던 움막입니다. 마을 아래에서 올려다보던 호랑이 산은 한번 들어가면 살아 나올 수 없는 공포의 산이었지만, 황 포수와 용이는 이곳에 이렇게 작고 예쁜 움막을 짓고, 꽃을 가꾸고 텃밭을 일구며 살았던 것입니다.

7년 만의 만남

 어제 새벽, 말을 달려 호랑이 산 기슭에 도착한 용이는 순이를 들쳐 업고 산을 올랐습니다. 용이의 등에 업혀 있던 순이의 가슴속으로 지난 7년의 세월이 꿈결처럼 흘러갔습니다. 둘은 너무나 하고 싶었지만 하지 못했던 말들을 스치는 바람에 날려 보냈습니다.
 '잘 있었니?'
 '잘 지냈니?'
 '보고 싶었어.'
 '기다렸어.'
 순이에게는 용이가 갑자기 어디서 나타났는지, 지금 자신을 어디로 데려가고 있는지 따위는 중요하지 않았습니다. 그저, 이게 꿈이라면 영원히 깨지 않았으면 좋겠다고 생각했습니다. 땀에 흠뻑 젖은 용이의 넓은 등에 얼굴을 묻고 몸을 맡긴 것처럼, 순이는 자신의 목숨을 용이에게 맡겼습니다. 용이는 순이를 업은 채, 한 번도 쉬지 않고 산 중턱까지 올랐습니다. 개울을 첨벙첨벙 건너니, 낭떠러지 같은 바위 언덕이 나왔습니다. 바위 언덕 꼭대기에서 떨어져 내리는 폭포가 하얗게 부서지며, 감히 이곳에 오르려 하지 말라고 경고하는 듯했습니다. 가쁜 숨을 몰아쉬던 용이가 자신의 호랑이 외투에 둘려 있던 긴 노끈을 풀었습니다. 그러고는 등에 업은 순이의 가느다란 허리와 자신의 허리를 함께 둘러 하나로 묶었습니다.

그렇게 하나가 된 둘은 낭떠러지처럼 가파른 바위 언덕에 매달렸습니다. 칼바람이 사정없이 불어와 바위벽을 때렸습니다. 귀를 내놓으면 귀를 잘라 가고, 손가락을 내놓으면 손가락을 잘라 간다는 그 유명한 백두산 칼바람이었습니다. 바람이 불어올 때마다 하나가 된 둘의 몸은 이리저리 크게 흔들렸습니다. 그러나 그 매서운 칼바람도 용이를 쓰러뜨리지는 못했습니다. 솥뚜껑처럼 크고 거친 용이의 손이 울퉁불퉁 튀어나온 바위를 움켜잡을 때마다 돌 부스러기들이 떨어져 나갔고, 둘의 몸은 조금씩 위로 전진했습니다. 백두산 칼바람은 용이의 등에 업힌 채 허공에 매달려 있는 순이의 귓등도 매섭게 때렸습니다. 그러나 순이는 하나도 아프지도, 무섭지도 않았습니다. 용이의 넓은 등은 엄마 품처럼 편안하고 따스했습니다. 이대로 계속 높이 올라가면 엄마별이 있는 하늘나라에 닿을 수 있을 것 같았습니다.

바위 언덕을 기어오른 둘은 작은 폭포 사이의 좁은 동굴을 지나 우거진 붉은 소나무들을 헤치고 나왔습니다. 그렇게 어제저녁 무렵, 이곳 움막에 도착한 것입니다. 순이는 지금 작은 움막 안에서 잠들어 있습니다. 아주 깊은 잠에 빠져 있습니다. 지난 긴 세월 동안 용이 생각에 잃어버렸던 잠을 한꺼번에 자려나 봅니다. 색색 가쁜 숨을 내쉬며 잠을 자는 순이 옆으로 생각에 잠긴 용이가 바위처럼 앉아 있습니다. 용이는 순이가 잠들어 있는 동안, 산 중턱까지 다시 내려가 산기슭의 상황을 살피고 왔습니다. 일본군들이 호랑이 마을에 대규모로 집결 중인 모습을 보고 온 것입니다. 일본군들은 예상보다 훨씬 빠르게 움직이고 있었습니다. 아무래도 백두산 지형을 잘 알고 있는 조선인 포수들이 일본군을 돕고 있는 것 같습니다. 포수들이 돕는다면 이 움막도 안전하지 못하다는 것을 용이는 알고 있습니다. 시간이 얼마나 있는지 모르지만 가능하다면 최대한 빨리 이곳을 떠나야 할 것 같습니다. 국경을 넘어 중국으로 가야 할지도 모르겠습니다.

해가 넘어갑니다. 호랑이 산의 그림자가 마을을 덮습니다. 어두운 그림자가 산속에 숨어 있는 용이와 순이가 앞으로 겪어야 할 끝 모를 고난처럼 길게 드리워집니다.

일본군들이 각 부대별로 출동 준비를 하고 있는 호랑이 마을에 짐승 가죽으로 만든 옷을 입고 엽총을 멘 사내들이 열 명 남짓 나타납니다. 이들은 백두산 일대를 돌아다니며 사냥을 업으로 삼고 있는 조선인 포수들입니다. 예전에는 호랑이도 잡았지만, 백두산에서 호랑이가 자취를 감춘 요즘은 주로 표범이나 삵 같은 사나운 짐승을 잡으려는 일본 여행객들의 안내인 역할을 하면서 생계를 꾸려 나가고 있지요. 호랑이 산의 산세를 잘 모르는 일본군이 이들을 모두 불러 모은 것입니다. 포수들은 사나운 사냥개들을 함께 데리고 왔습니다. 어떤 개는 늑대만큼 몸집이 크군요. 개들은 그르렁그르렁 벌써부터 이빨을 드러내며 흥분합니다.

포수들은 원래 호랑이 사냥을 다닐 때는 사냥개들을 데리고 다니지 않습니다. 왜냐하면 아무리 사나운 사냥개라도 막상 호랑이와 마주치면 꼬리를 내리고 오줌을 지릴 만큼, 개는 호랑이의 상대가 되지 못하기 때문입니다. 그러나 오늘은 상황이 다릅니다. 호랑이 사냥을 하는 것이 아니라고 합니다. 사실 포수들은 어리둥절합니다. 도대체 무엇을 사냥하려고 수많은 일본군들이 이 작은 마을에 우글우글 모여 있는지 아직 모르기 때문입니다. 그저 품삯의 열 배를 준다는 장 포수의 연락을 받고 모여든 것입니다. 오랜만에 한 자리에 모인 조선인 포수들이 한곳에 모여 두런두런 이야기를 나눕니다.

"모두들 장 포수 연락 받고 왔는가?"

"뭘 잡으려고 군인들이 이리도 많이 모였을까? 도깨비라도 잡으려나?"

"호랑이 씨를 말려 놓더니, 이번엔 백두산을 통째로 파 갈라고 그러나?"

무리 중 몇몇 포수들은 짐승을 잡을 때 쓰는 날카로운 쇠덫도 여러 개 가지고 왔습니다. 산에 올라가면서 길목마다 덫을 놓을 계획인가 봅니다. 포수들의 어깨에 주렁주렁 매달린 쇠덫들이 서로 부딪히며 쨍그랑 소리를 냅니다. 무시무시한 쇠덫들이 내는 쨍그랑 소리가, 마치 서로 자기가 용이의 발목을 꽉 물어 버리겠다고 아우성치는 듯합니다.

일본군들은 조선인 포수들의 출현으로 사기충천해집니다. 사실 천 명이 넘는 일본군이 용이 한 명을 잡으러 산에 오른다는 것도 부끄럽지만, 그보다 더 부끄러운 일은 천 명이 넘는 일본군이 용이 한 명을 못 잡는 것이라는 사실을 모두 알고 있기 때문입니다. 그만큼 지금 일본 군대는 이틀 전 혼자 쳐들어와 부대를 초토화하고 순이를 구해 낸 용이에게 겁먹은 것입니다.

일본군의 용이 사냥

 이케다 중좌는 호랑이 마을 공터에 마련된 임시 상황실에서 백두산 일대의 지도를 펼쳐 놓고, 각 부대를 이끌고 온 지휘관들과 작전 회의 중입니다. 짧게 쳐올린 희끗한 머리에, 쭉 찢어진 날카로운 눈으로 상황 설명을 듣고 있는 이케다 중좌의 표정은 얼음처럼 싸늘합니다. 상황을 설명하고 있는 지휘관은 다름 아닌 가즈오 대위입니다. 부대가 공격당하는 긴급 상황을 맞아, 이 지역을 가장 잘 아는 가즈오 대위가 747부대의 지휘관으로 임시 복귀한 것입니다. 잠시 후, 유달리 좁은 이마의 늙수그레한 조선인 한 명이 임시 상황실로 들어옵니다. 이 조선인은 연신 굽실거리며 장교들에게 인사를 합니다. 장 포수입니다. 조선인 포수들을 호랑이 마을로 불러 모은 사람이지요. 예전에는 백두산 일대에서 포수 노릇을 했지만, 지금은 백두산에 여행 온 일본인 여행

객을 안내하면서 먹고살고 있습니다.

가장 가까운 곳에서 적의 얼굴을 목격한 가즈오가 장 포수에게 그자의 생김새와 사람이라고는 볼 수 없는 움직임에 대해 설명합니다.

"황 포수밖에 없는데……."

가즈오의 설명을 들은 장 포수가 이마를 씰룩거리며 혼잣말처럼 중얼거립니다.

"황 포수? 그가 누구인가?"

이케다 중좌가 묻습니다.

"황 포수라고 유명한 호랑이 사냥꾼이 있었습죠. 강하고 용맹하기로 둘째가라면 서러워할 자였지요. 맨손으로 호랑이를 때려잡았다는 소문이 날 정도로 힘이 장사였는데……. 그런데 그자는 3년 전에 시베리아에서 죽었다고 들었거든요?"

"그럼 죽은 자가 700부대를 공격했단 말인가?"

이케다 중좌의 목소리에 짜증이 묻어납니다.

"아니요, 그게 아니라. 아, 그렇구나. 용이가 있었지, 용이가."

장 포수가 잠시 생각하더니 확신에 차서 말합니다.

"용이일 겁니다. 용이밖에 없어요."

"용이? 용이는 또 누군가?"

"죽은 황 포수한테 아들이 하나 있었습니다. 황 포수의 피를 그대로 물려받은 녀석이니 태어날 때부터 호랑이 사냥꾼으로 태어난 셈이지요. 걷기 시작하자마자 지 아버지를 따라 호랑이 사냥을 다녔으니까요."

이번에는 가즈오가 묻습니다.

"그 용이라는 자와 순이라는 여인은 서로 아는 사이인가?"

"아마 그럴걸요? 순이는 호랑이 마을 촌장 댁 손녀고, 황 포수와 용이가 옛날에 잠시 동안이지만 호랑이 마을에 머문 적이 있었으니까요. 그러다가 뭔가 안 좋은 일이 생긴 후 황 포수와 용이는 호랑이 마을에서 쫓겨나듯 떠났는데, 사실 몇 년 전에 그들을 우연히 만난 적이 있어요."

장 포수가 묻지도 않은 기억까지 친절하게 더듬어 냅니다.

"그때가 언제였더라? 황 포수가 시베리아로 떠나기 전이었으니까, 한 4년 됐나? 호랑이 산 중턱에 지형이 너무 험해서 사람들이 잘 안 다니는 낭떠러지처럼 깎아지른 바위 언덕이 있거든요. 제가 한번은 한없이 기어올라 도망가는 표범을 쫓아가다가, 길을 잃고 헤매던 중에 황 포수와 용이가 사는 움막을 발견한 적이 있습죠. 붉은소나무 숲에 파묻혀 있어서 어지간해서는 찾기 힘든 곳이지요. 기가 막히게도 도저히 사람이 살 거라고 상상할 수 없는 붉은소나무들 사이에 움막을 지어 놓고, 아예 텃밭까지 일구면서 살고 있더라고요. 그곳에서 황 포수와 용이를 봤는데, 용이는 그때 당시 벌써 지 아버지만큼 키가 훌쩍 자라 있었죠. 둘은 백호를 찾아 시베리아에 갈 거라고 했어요. 그때 용이가 열여섯 살인가 그랬으니까, 지금은 한 스무 살은 됐겠네요. 그대로 컸다면 아마 모르긴 몰라도 지 아버지 황 포수보다 더 크고, 강하게 자라났을 겁니다."

"그렇다면, 용이 그자가 호랑이 산으로 도망을 쳤다면 분명……."

이케다 중좌의 말을 자르며 장 포수가 끼어듭니다.

"붉은소나무 숲속의 움막에 숨어 있을 겁니다."

"확신할 수 있는가?"

이케다가 묻습니다.

"호랑이 산에 숨어 있다면 그곳밖에는 없습니다. 여자를 데리고 다른 곳으로 가는 것은 무리입니다."

확신에 찬 장 포수가 의기양양하게 대답합니다.

"단 하나. 문제는 그곳이 폭포가 떨어지는 낭떠러지 같은 바위 언덕을 거슬러 올라가야 접근할 수 있어서 가는 길이 아주 험합니다. 평생 산을 탄 저도 쉽지 않은 길인데, 총을 멘 병사들이 올라가기엔……."

"대위 가즈오, 제가 그곳으로 가겠습니다."

이케다 중좌가 가즈오 대위를 바라봅니다. 임시 상황실 안의 모든 눈이 일제히 가즈오에게 쏠립니다.

"제가 별동대를 구성해서 바위 언덕 쪽을 공략하겠습니다. 저에게 맡겨 주십시오."

"가즈오 대위, 자네가 할 수 있겠나?"

"네! 반드시 적을 잡아 오도록 하겠습니다. 안내를 위해 저 장 포수라는 자만 저와 함께 가도록 허락해 주십시오."

이케다 중좌와 타 부대 지휘관들의 침묵이 이어지는 가운데 가즈오가 이어서 말합니다.

"잔류 부대는 산을 에워싼 채 기슭에서 대기하고, 본대는 곧바로 산 정상까지 진격하면 됩니다. 저희 별동대가 바위 언덕을 올라가 움막을 덮치겠습니다. 만에 하나 저희 별동대가 움막에서 적을 놓칠 경우, 적은 기슭의 병력을 피해 정상으로 쫓겨 올라갈 것이니, 본대가 산 정상에서 기다리고 있으면 반드시 잡을 수 있을 것입니다."

그때 병사 하나가 임시 상황실 안으로 허둥지둥 뛰어들어 옵니다.

"이케다 중좌님, 잠깐 나와 보심이……. 예기치 않은 일이 벌어지고 있습니다."

이케다와 지휘관들 그리고 장 포수까지 급히 밖으로 나갑니다.

상황실 밖, 공터에서는 정말 심상치 않은 일이 벌어지고 있네요. 두런두런 얘기하던 조선인 포수들 십여 명 중 일곱 명이 각자 짐을 들고 떠날 채비를 하고 있는 것입니다.

당황한 장 포수가 애써 말립니다.

"아, 왜들 이러시나?"

떠나려는 포수들이 한마디씩 내뱉습니다.

"호랑이 잡으러 가는 게 아니라, 사람 잡으러 가는 거라면서?"

"왜 미리 얘기 안 했는가?"

"진작 알았으면 시간 낭비 안 했을 텐데."

장 포수가 이마를 씰룩거리며 달래듯 말합니다.

"사람을 잡든, 짐승을 잡든 무슨 상관인가. 돈만 많이 받으면 됐지. 생각들 해 보게. 이건 앉아서 돈 먹기야."

남은 세 명의 포수들이 장 포수를 거들고 나섭니다.

"그래, 맞아. 우리들은 일본군을 안내만 해 주면 되는 거잖아."

"아, 그래. 품삯의 열 배를 준다잖아."

"일본군이 뭘 잡든 무슨 상관이야. 집에서 자식 새끼들이 굶는 판에. 안내만 잘해 주고 돈만 챙겨 가면 되잖나."

떠나는 무리가 대답합니다.

"우리가 짐승 사냥하러 왔지, 사람 사냥하러 왔어?"

"용이라면 황 포수 아들이잖아. 저승에서 황 포수가 자네들을 만나면 뭐라고 하겠어?"

"배고파 굶어 죽을지언정, 황 포수 아들 잡으러 가는 일을 도울 수는 없네."

황 포수는 죽어서도 황 포수군요. 짐승 사냥하는 줄 알고 따라왔던 포수들이 자신들이 해야 할 일이 황 포수의 아들 용이를 쫓는 일이라는 것을 알고는 발길을 돌리는 것입니다. 소문은 발보다 빠르다더니, 포수들은 며칠 전 붉은소나무 마을의 일본군 진지를 쑥대밭으로 만든 인물이 용이라는 것을 이미 알고 있었습니다. 짧은 실랑이 끝에 결국 포수 일곱이 떠나고 장 포수를 포함한 네 명만 남습니다. 새끼 제비가 공중에서 날개를 모아 탁, 탁, 탁 박수를 칩니다. 그런데 아무도 들어 주지를 않네요.

화가 난 이케다 중좌가 장 포수에게 묻습니다.

"도대체 어찌 된 일인가? 저자들은 왜 떠나는 건가?"

"괜찮습니다. 원래 황 포수, 음…… 그러니까 용이 아버지랑 친분이 있던 사람들이라서……. 하지만 걱정 마십시오. 아직 저희들이 있지 않습니까? 그저 품삯만 두둑하게 챙겨 주십쇼. 반드시 용이 코앞까지 확실히 안내해 드리겠습니다."

장 포수가 비굴한 웃음을 지으며 말합니다.

"평소의 열 배를 준다는데도 떠나다니……. 조선인들은 도무지 이해할 수 없단 말이야."

고개를 절레절레 흔들던 이케다 중좌가 명령합니다.

"가즈오 대위가 별동대를 꾸려서 장 포수를 데리고 숲속의 움막을 공격한다. 잔류 부대는 산을 에워싼 채로 대기하고, 내가 직접 본대를 이끌고 정상으로 진격하겠다. 모두 출동 준비해!"

"네! 알겠습니다."

대답하는 가즈오의 눈동자에서 빛이 납니다.

일본군 부대가 출동 준비를 완료하자, 이케다 중좌의 짧은 연설이 시작됩니다.

"죽이든 살리든 상관없다. 대일본제국군 장교와 병사들을 살해한 자를 잡아라. 그자를 잡는 자에게 큰 포상을 내리도록 하겠다."

"와아아! 만세! 만세!"

크게 포상하겠다는 이케다의 말에 병사들이 일제히 환호성을 지르며 만세를 부릅니다.

환하게 떠오른 달빛 아래, 드디어 일본군 부대의 용이 사냥이 시작되었습니다. 개미 떼처럼 수많은 일본군들이 호랑이 산을 빙 둘러싼 채, 조용히 올라가기 시작합니다.

용서하는 법

　산을 잘 타는 다섯 명의 병사들을 뽑아 별동대를 조직한 가즈오도 장 포수를 앞세워 호랑이 산을 향해 출발합니다. 별동대 대원들은 용이를 잡아 큰 상을 받겠다는 목적으로 자원했지만, 가즈오에게는 다른 목적이 있습니다. 그가 찾아 나선 사람은 용이가 아니라 순이입니다. 순이를 이 위험하고 혼란한 상황으로부터 구해 내는 것이 가즈오의 목표입니다. 순이를 구하는 것, 그것만이 목숨을 걸고 산을 오르는 가즈오의 유일한 이유입니다.

　순이는 처음부터 아무 잘못이 없습니다. 그저 호랑이 마을에서 태어나, 어른들을 공경하고 아이들을 돌보며 착하게 살아왔을 뿐입니다. 그런 죄 없는 여인을 전쟁의 소용돌이 속에 광기만 남은 이곳, 나쁜 남자들의 욕심으로 아수라장이 된 전쟁터로 몰아넣어 희생시킬 수는 없습니다.

순이를 구해 내기 위해서 가즈오는 누구보다도 숲속의 움막에 빨리 도착해야 합니다. 그리고 어떻게든 용이를 최대한 조용히 제압한 후, 함께 간 별동대원들을 따돌려야 합니다. 마지막으로 순이만 데리고 본대나 잔류 부대에 들키지 않고 호랑이 산에서 내려와야만 합니다. 쉽지 않은 일입니다. 이 중에서 단 하나라도 실수한다면, 그것은 곧 돌이킬 수 없는 결과를 야기할 것입니다.

"가즈오 대위님!"

별동대를 이끌고 막 진지를 출발하는 가즈오 뒤로 누군가 부르는 소리가 들립니다. 가즈오가 뒤를 돌아보니 턱과 머리에 붕대를 칭칭 감은 아쯔이가 홀로 서 있습니다. 두 사람의 눈이 마주치자, 아쯔이가 천천히 손을 들어 가즈오를 향해 경례합니다. 경례를 하는 아쯔이의 두 눈이 빨갛게 충혈되어 있습니다.

"안녕히 가십시오."

아쯔이가 조그맣게 말합니다. 아쯔이는 이제 다시는 가즈오를 보지 못하게 될 것이라는 사실을 이미 알고 있나 봅니다.

"고마웠다, 아쯔이."

가즈오가 손을 들어 아쯔이의 경례를 받아 줍니다. 경례를 받는 가즈오의 눈가도 촉촉이 젖어 옵니다.

수많은 일본군들이 조용히 산을 오릅니다. 하얀 달빛이 천 개가 넘는 총들에 부딪혀 조각조각 부서집니다.

 같은 시각, 붉은소나무 숲속 움막 마당에 두 사람이 나와 있습니다. 아주 오랜 세월 동안 서로를 기다렸던 두 사람입니다. 잠에서 깨어난 순이와 잠들지 않는 용이입니다. 둘은 옛날에 촌장 댁 마당에 나란히 앉아 올려다보았던 밤하늘을 바라봅니다. 7년 전에도 반짝였던 별들이 그대로 찬란한 빛을 뽐내며 밤하늘을 빼곡히 덮었습니다. 오랜 세월이 흘러 많은 것이 변했지만, 별들은 하나도 변하지 않았습니다. 같은 자리에서 같은 색깔로 빛나고 있습니다.

 순이는 따스한 빛을 발하는 엄마별을 바라봅니다. 엄마가 아무 말 없이 순이를 쓰다듬어 주는 것 같습니다.

 용이가 먼저 입을 뗍니다.

 "아까 낮에 산 중턱까지 내려갔다 왔는데, 일본군들이 호랑이 마을에 모여 있었어. 이곳에 오래 머무를 순 없을 것 같아."

 "많이 힘들었지?"

 순이가 묻습니다.

 "……."

용이는 침묵합니다.

순이는 알고 있습니다. 용이의 침묵은 소리 없는 울음이라는 것을. 그 옛날 지리산에서 엄마와 동생을 가슴에 묻고 침묵해야 했던 어린 용이. 시베리아 벌판에서 죽은 아빠를 가슴에 묻고 다시 침묵했던 가여운 용이. 그 가슴에 가득 차 있는 슬픔을 달리 표현할 길이 없기에 홀로 남은 용이는 침묵할 수밖에 없다는 것을 순이는 잘 알고 있습니다.

"힘들 땐 어떻게 했어?"

"그냥……."

"난 힘들 땐 엄마별에게 힘들다고 말했어. 용이 네가 보고 싶을 때도 엄마별에게 말했어. 그렇게 얘기하다 보면 마치 엄마가 내 옆에 있는 것처럼 따뜻해졌어."

엄마별 이야기를 하는 순이의 표정이 편안합니다.

"용이야, 넌 힘들 땐 어떻게 했니?"

"난…… 그냥……."

"그냥?"

"그냥…… 참았어."

힘이 들 때는 그냥 참았다는 용이의 대답에 순이는 그만 눈물을 떨구고 맙니다. 혼자 참지 말아야 할 아픈 일들을, 혼자 참을 수 없는 고통스러운 시간을, 그냥 참아 내느라 얼마나 힘에 겨웠을까. 얼마나 외로웠을까. 순이는 그런 용이가 너무나 가엾습니다.

"용이야, 이제 그만 백호를 용서해 주면 안 되겠니?"

"……."

용이가 다시 침묵합니다. 소리 없이 울고 있는 것입니다. 용이도 이미 알고 있습니다. 자신의 커다란 손이 지금보다 더 커지더라도, 긴 엽총이 더 강력해지고 칼날이 더 매서워지더라도, 자신은 결코 백호를 잡을 수 없으리란 것을 말입니다. 어린 기억 속에 버티고 있는 백호는 어떤 총과 칼로도 잡을 수 없는 신기루가 되어 버렸다는 것을 이미 깨닫고 있었습니다.

"난 네가 백호를 용서해 주면, 엄마별을 볼 수 있게 될 것 같아."

용이가 가엾고 안타까워, 순이가 말합니다.

"모르겠어. 용서를…… 어떻게 하는 건지."

용이의 입에서 처음으로 '용서'라는 말이 흘러나옵니다. 백호를 잡아 복수하겠다던 용이가 변한 걸까요? 아니면 홀로 지낸 세월에 지친 걸까요?

"상대가 빌지도 않은 용서를 어떻게 해야 하는지 모르겠어."

띄엄띄엄 말을 잇는 용이의 얼굴이 깊은 외로움을 머금고 있습니다.

"용서는 백호가 용서를 빌기 때문에 하는 게 아니라 엄마별 때문에 하는 거야. 엄마별이 너무 보고 싶으니까. 엄마가 너무 소중하니까."

잠잠히 순이의 말을 듣고 있던 용이의 눈동자에 밤하늘의 별들이 가득 차 있습니다. 용이가 그 눈동자로 말없이 순이의 얼굴을 바라봅니다.

5

백두산의 안개 속으로

가즈오의 작전 지시

장 포수의 안내를 받아 어둠을 뚫고 전진하던 가즈오의 별동대가 가까스로 바위 언덕 폭포가 만들어 낸 개울가에 도착합니다. 기진맥진한 그들은 개울가에서 잠시 휴식을 취합니다. 지친 병사들이 토해 내는 하얀 입김이 차가운 새벽 공기와 어우러집니다.

좁은 이마에서 연신 흘러내리는 땀을 닦으며 장 포수가 말합니다.

"여기서는 저 위 폭포에 가려서 잘 안 보이지만, 저 바위 언덕과 폭포 사이에 작은 동굴이 있습니다. 그 동굴을 통과하면 붉은소나무 숲이 나오고, 소나무들 사이에 용이의 움막이 있어요."

거의 도착한 모양입니다. 가즈오는 이제 슬슬 순이를 구하려는 계획을 실행에 옮겨야 합니다. 먼저 병력을 분산시켜 떼어 놓아야 할 시간이 된 것입니다.

개울가에 흩어져 쉬고 있던 별동대원들을 불러 모은 가즈오가 빠르게 지시합니다.

"잘 들어라. 적이 숨어 있는 곳으로 추정되는 움막 근처에 다다랐다. 지금부터 전력을 분산 배치하도록 하겠다. 나는 조선인 포수와 함께 바위 언덕을 올라가 움막을 공략하겠다. 나머지 별동대 전원은 이곳에 남아, 적이 우리의 포위망을 뚫고 내려올 경우에 대비한다."

전원 이곳에 남으라는 뜻밖의 명령에 다섯 명의 별동대원들은 어리둥절한 모습입니다.

"대위님, 저희들 모두 여기에서 대기하라는 말씀입니까?"

"그렇다. 나와 장 포수 둘만 올라간다. 여러 명이 움직였다간 적에게 들킬 위험이 있다. 먼저 가서 적이 움막에 있는 것으로 확인될 경우, 너희들을 부르도록 하겠다. 그때까지 이곳에서 대기하도록."

가즈오의 어이없는 작전 지시에 장 포수가 신경질적으로 끼어듭니다.

"말도 안 돼요. 용이를 잡겠다면서 군인을 다섯 명만 데려온 것도 황당한데, 아니 단둘이서만 올라간다니, 죽으려고 작정했소?"

갑작스러운 장 포수의 참견에 가즈오는 적잖이 당황합니다. 병사들을 따돌리고 순이를 빼돌리려는 가즈오의 속마음을 알 턱 없는 장 포수가 말을 계속 이어 나갑니다.

"용이 그 녀석이 얼마나 강한지 알기나 하쇼? 그 녀석은 사람이 아니라니까? 호랑이보다 더 무서운 놈이오. 여기 있는 군인들이 한꺼번에 다 달려들어도 잡을까 말까 한데, 달랑 둘이 간다는 건 자살 행위요."

별동대원들도 짐짓 장 포수의 말에 동의하는 얼굴입니다. 이야기를 듣는지 안 듣는지 알쏭달쏭한 표정의 가즈오가 계속 침묵하자 장 포수가 도장을 찍듯 선언합니다.

"정히 갈 테면 혼자 가쇼. 난 더 이상 못 가니까."

잠시 침묵이 흐르는가 싶더니, 갑자기 가즈오가 자신의 허리춤에 차고 있던 권총집에서 권총을 뽑아 장 포수의 머리에 겨눕니다. 평상시 예의 바르고 온순하던 가즈오는 간데없고, 얼음처럼 차갑고 싸늘합니다.

"지금 대일본제국군의 용맹함을 비하하는 건가?"

새벽 공기보다 더 차가운 가즈오의 음성이 착 가라앉습니다.

"아아아뇨. 그, 그런 뜻이 아니라……."

시꺼먼 얼굴이 백짓장처럼 하얘진 장 포수가 말까지 더

듭습니다.

"그렇다면, 대일본제국군 장교인 나의 지휘를 거역하는 건가?"

"아아아, 아닙니다. 대위님, 절대 아닙니다."

거침없는 가즈오의 살기 어린 질문에 장 포수는 더 이상 말을 잇지 못합니다.

"현재 우리 부대는 전투 중이다. 전투 상황에서 지휘관의 명령에 불복종하는 자는 조선인이건 대일본제국군 병사건 상관없이 그 자리에서 즉결 처분하겠다."

시퍼렇게 날이 선 가즈오의 서슬에 놀라 장 포수와 별동대원들은 아무런 항변도 하지 못 한 채, 꼿꼿이 차렷 자세로 서 있습니다.

"밧줄 가져와!"

붉은소나무 숲속 은신처

잠시 후, 가즈오와 장 포수가 바위 언덕을 기어오릅니다. 개울가에 남은 별동대원들은 깎아지른 듯한 바위 절벽에 매달려 있는 두 사람을 하릴없이 올려다보고 있습니다. 가즈오의 팔에 감겨 있는 긴 밧줄의 다른 한쪽은 옆에서 기어오르느라 안간힘을 쓰고 있는 장 포수의 팔에 묶여 있습니다. 언뜻 보기에는 한 사람이 실수로 떨어지면 다른 한 사람이 구해 주기 위한 장치 같지만, 사실은 그렇지 않습니다. 가즈오는 장 포수가 혹시 도망갈까 봐 자신의 팔과 장 포수의 팔을 서로 묶어 버린 것입니다. 순이를 만난 뒤 산에서 무사히 내려가려면 장 포수의 도움이 반드시 필요하기 때문입니다. 죽을 힘을 다해 가파른 바위 언덕을 올라가는 가즈오와 장 포수의 이마에서 땀이 비 오듯 쏟아집니다.

숲속의 움막은 쥐 죽은 듯 조용합니다. 순이는 다시 잠에 빠져들었네요. 곁을 지키던 용이마저도 깜빡 잠이 들어 버렸습니다. 지난 밤, 자꾸 춥다는 순이에게 호랑이 가죽으로 만든 자신의 외투를 벗어 덮어 준 용이가 순이 옆에서 웅크린 채 자고 있습니다. 가을 백두산의 새벽 공기가 꽤나 차갑습니다. 차가운 공기를 마실 때마다 잠들어 있는 순이의 몸이 부르르 떨립니다. 오한이 나나 봅니다. 용이도 사흘 만에 단잠에 빠졌습니다. 용이는 무슨 꿈을 꾸고 있을까요.

우거진 붉은소나무 숲을 뚫고 두 개의 그림자가 나타납니다. 그들이 바라보는 곳 지척에 움막이 있습니다. 가즈오는 커다란 붉은소나무 뒤로 몸을 숨긴 채, 움막을 바라보면서 마지막 계획을 점검합니다. 여태까지 잘해 왔습니다. 그토록 만나고 싶었던 순이가 바로 코앞에 있습니다. 이제 움막 안으로 들어가서 용이를 제압하고, 순이를 데리고 나오면 됩니다. 그다음에는 장 포수의 도움이 절대적으로 필요합니다. 장 포수가 산기슭을 지키고 있는 일본군 잔류 부대에게 들키지 않고 가즈오와 순이가 조용히 내려갈 수 있도록 도와주어야 하기 때문입니다. 지친 산행에 거친 숨을 토하고 있는 장 포수에게 가즈오가 속삭이듯 말합니다.

"아까는 미안했소. 본심이 아니었는데."

갑자기 사과하는 가즈오를 장 포수는 그저 의아하게 바

라볼 뿐입니다.

"이제 내가 움막으로 들어가 여자를 데리고 나오겠소. 당신은 여기서 기다리시오."

"맘대로 하쇼. 난 내 할 바를 다 했으니까."

"부탁이 있소."

"부탁이요?"

갑자기 다시 부드러워진 가즈오의 말투에 장 포수는 혼란스러워집니다.

"내가 여자를 데리고 나오면, 나와 여자를 이 산에서 안전하게 내려갈 수 있도록 도와주시오."

"안전하게요?"

"그렇소. 산기슭의 잔류 부대와 마주치지 않고 안전하게 내려갈 수 있도록 길을 알려 주시오."

좁은 이마를 찡그리며 잠시 생각하던 장 포수는 이내 영문을 알았다는 듯 고개를 끄덕입니다.

"아……. 그래서 병사들을 따돌려서 엉뚱한 곳에 배치한 거구나. 그러니까 지금 여자를 빼돌려서 몰래 도망가려는 거요?"

빈정거리듯 말을 내뱉는 장 포수에게 가즈오가 다시 묻습니다.

"도와주겠소?"

"……."

"난 죄 없는 여인이 전쟁에 휘말리는 것을 막으려는 거요. 당신도 순이 씨와 같은 조선 사람 아니오? 도와주시오."

가즈오가 간절한 눈빛으로 장 포수를 바라봅니다.

"난 돈 벌러 왔소. 누구 도와주러 온 게 아니라. 내가 당신들만 빼돌리면 내 돈은 어디 가서 받소? 당신 돈 있소?"

"산에서 무사히 내려가게 해 주면 후하게 사례하겠소. 반드시."

낮은 목소리로 조용히 얘기하고 있지만, 두 사람 사이에 팽팽한 긴장감이 흐릅니다.

용이가 두 눈을 번쩍 뜹니다. 곁의 순이를 먼저 살핍니다. 밤새 추워하던 순이의 이마가 불덩이처럼 뜨겁습니다. 마침내 서로의 품에 안기면서 지난 세월 동안 가까스로 잡고 있던 긴장의 끈을 놓아 버렸나 봅니다.

사실 용이를 잠에서 깨운 건 인기척이나 말소리가 아니었습니다. 어떤 냄새였습니다. 바람을 타고 흘러 들어온 한 가닥의 미세한 냄새. 맹수 중에서도 먹잇감을 발견하고 흥분한 호랑이가 내쉬는 숨에 걸려 있는 차가우면서도 싸늘한 냄새. 용이는 잠결에 그 냄새를 맡은 것입니다. 보통의 실력을 가진 사냥꾼들은 호랑이가 지척까지 접근한 후에야 그 냄새를 맡을 수 있지만, 태어나면서부터 호랑이 사냥을 해 온 용이는 먼 거리에서도 바람을 타고 흐르는 호랑이의 냄새를 알아챌 수 있습니다. 용이가 재빨리 문으로 향합니다. 그런데 문틈으로 밖을 살피는 용이의 눈에 들어온 것은 호랑이가 아니라 붉은소나무 숲속에 서 있는 가즈오와 장 포수의 그림자입니다. 용이의 예상보다 훨씬 빨리 일본군이 이곳을 찾아낸 것입니다. 지금 보이는 건 두 명에 불과하지만, 저 숲속에 몇 명이나 더 있는지 알 길이 없습니다. 지체할 시간이 없습니다. 용이는 열에 들떠 신음하고 있는 순이를 깨웁니다.

"순이야, 미안해. 지금 여기서 나가야 해."

순이가 겨우 눈을 뜹니다.

"일본군들이 왔어."

"……"

순이가 무언가 말하려고 하는데, 말이 잘 나오지를 않습니다. 목이 벌에 쏘인 듯 퉁퉁 부은 데다 몸이 불덩이처럼 뜨겁습니다.

"지금 가야만 해."

"우리…… 이제…… 어디로 가?"

뜨거운 숨을 토해 내며 순이가 가까스로 묻습니다.

"우선 산꼭대기로."

"그래…… 꼭대기로……."

"걱정 마. 내가 지켜 줄게."

용이가 조심스럽게 움막 문 반대쪽으로 난 창을 뜯어냅니다. 그리고 가냘픈 순이의 몸을 자신의 호랑이 가죽 외투로 감싼 채, 아이를 들 듯 번쩍 안아 듭니다.

탕! 탕! 탕!

이마를 씰룩거리며 머릿속으로 열심히 계산하던 장 포수가 마침내 숲속의 정적을 깹니다.

"좋소. 앞장서시오. 용이가 저 움막 안에 순이와 함께 있다면 내 함께 가리다."

"고맙소, 정말 고맙소."

가즈오가 흔쾌히 도움을 허락하는 장 포수에게 감사를 전합니다.

"역시 당신에게도 순이 씨와 같은 조선인의 피가 흐르나 보오. 내 꼭 보상하겠소."

가즈오가 권총을 뽑아 들고 움막 쪽으로 몸을 돌리자마자, 등 뒤로 철커덕 엽총을 장전하는 소리가 들립니다.

"총 버려!"

'아뿔싸, 속았구나.'

장 포수가 엽총을 가즈오의 등에 정조준한 것입니다. 가즈오는 천천히 장 포수를 향해 돌아섭니다.

"총 버리라고!"

권총을 버리지 않은 채 돌아서는 가즈오에게 장 포수가 다시 외칩니다.

"죽기 싫으면 총 버리라고!"

"당신도 조선인 아니오? 당신의 심장에도 조선인의 피가 흐르고 있지 않소? 이러지 마시오. 함께 도와서 저 여인을 살립시다."

가즈오가 장 포수의 메마른 심장에 호소합니다.

"조선인의 피 좋아하시네. 용이 목에 걸려 있는 현상금이 얼만데? 여자는 내 알 바 아니고 난 산 채로든 죽은 채로든 용이만 잡아다 주고 돈만 받으면 돼. 말했지? 나 돈 벌러 왔다고."

"제발 이러지 마시오. 저 여인은 지금 구해 내지 않으면 끔찍한 곳으로 끌려가게 되오."

"이거 호랑이 잡는 총이야. 가슴에 구멍 뚫리기 싫으면 당장 총 버리고, 손들어!"

장 포수의 엽총이 가즈오의 가슴을 정확하게 겨눕니다. 바로 그 순간, 절망한 가즈오의 눈에 자신에게 엽총을 겨누고 있는 장 포수 뒤쪽에서 곧장 다가오는 커다란 그림자가 보입니다. 숲에서 나타난 그 그림자는 조용히, 그러나 민첩하게 장 포수를 향해 다가옵니다. 두 개의 눈이 번쩍이는 커다란 그림자는 호랑이입니다.

보통 사람들은 호랑이와 맞닥뜨리면 그 기운에 질려 그 자리에서 얼어 버린다고 합니다. 하지만 가즈오는 훈련받은 군 장교입니다. 당황했지만 쉽게 얼어붙지는 않습니다.

"장 포수, 꼼짝하지 말고 내 말 잘 들으시오. 지금 당신 등 뒤에……."

"허튼 수작 말고 빨리 총 버리고 손들어!"

총 자루 쥔 사내가 그렇듯, 지금 장 포수의 귀에는 아무 소리도 들리지 않나 봅니다.

커다란 그림자가 장 포수의 등 뒤로 더욱 가까이 다가옵니다. 왕년에 호랑이 사냥을 했던 장 포수도 그제야 냄새를 맡습니다. 호랑이 사냥을 다니던 시절 몇 번 맡아 보았던, 극도로 흥분한 호랑이가 내쉬는 숨에 실린 특유한 냄새. 너무나 싸늘하기에 냄새만으로도 오금이 저리고 다리가 풀려 버리는 공포스러운 냄새입니다. 공포를 더욱 가중시키는 것은, 이 냄새는 호랑이가 아주 근접했을 때만 맡을 수 있다는 사실입니다.

"어? 이 냄새는……. 어?"

냄새에 놀란 장 포수가 뒤돌아보자마자 멀지 않은 곳에서 거대한 호랑이 한 마리가 장 포수를 향해 몸을 날립니다. 땅을 박차고 뛰어오르는 호랑이의 커다란 왼발에는 여섯 개의 발가락이 달려 있습니다. 장 포수의 놀란 눈동자가 미처 커지기도 전에 호랑이가 장 포수를 덮칩니다.

어흐흥!

호랑이의 커다란 발이 장 포수의 어깨를 찍어 누릅니다. 여섯 개의 칼날 같은 발톱이 장 포수의 어깨에 차례차례 박힙니다.

"으아아아악!"

외마디 비명이 새벽 공기를 둘로 쪼개듯 가릅니다. 곧 이어 가즈오의 권총이 불을 뿜습니다.

탕! 탕! 탕!

그 옛날 잘가요 언덕 위의 오세요 종처럼, 총소리가 온 산에 울려 퍼집니다. 총소리가 호랑이 산을 뒤덮은 수많은 일본군에게 어서 오라고 알려 줍니다. 순이를 들쳐 업고 산꼭대기로 향하는 용이도, 업혀 있던 순이도 총소리를 듣습니다. 총소리가 순이의 마음을 찢고 들어와 박히는 것 같습니다. 순간, 순이는 용이와의 이별이 멀지 않았음을 직감합니다. 아주 긴 이별이 될 것 같습니다. 순이의 눈에서 눈물방울이 떨어져 이슬처럼 풀잎을 적십니다. 눈물방울을 먹은 풀잎은 자라나겠지만, 순이는 자라난 풀잎을 볼 수 없을 것만 같습니다. 열에 들뜬 순이가 점점 의식을 잃어 갑니다.

꼭 돌아올게

벌써 몇 시간째 호랑이 산 상공을 선회하고 있는 새끼 제비에게는 이 모든 광경이 한눈에 들어옵니다. 산은 온통 일본군으로 새까맣게 뒤덮여 있습니다. 산 중턱의 일본군들은 군데군데 덫을 설치하고 있습니다. 용이가 포위망을 뚫고 산 아래로 도망칠 것을 대비하는 모양입니다. 나머지 일본군들은 풀어 놓은 사냥개들을 뒤쫓아 정상으로 향하고 있습니다. 수없이 많은 총과 칼로 무장한 천 명이 넘는 군인들이 사냥개까지 동원하여, 아무것도 가진 것 없는 한 청년을 잡으러 혈안이 되어 있습니다.

"아, 저 사람들…… 정말 너무한다. 멧돼지도 저렇게까지 심하게 몰진 않겠다."

한탄하는 새끼 제비의 표정에 인간에 대한 실망이 짙게 어려 있네요. 새끼 제비는 사람이 짐승을 사냥하고 짐승이 짐승을 사냥하는 모습은 많이 봤지만, 사람이 사람을 사냥하는 모습은 처음 봅니다. 지금껏 그 어떤 짐승도, 심지어 그 사나웠던 육발이조차도 이렇게까지 불공평한 사냥을 하지는 않았습니다.

이케다 중좌가 이끄는 본대가 산 정상에 도착하는 것은 이제 시간 문제인 것 같습니다. 막 산 정상에 도착한 용이의 모습도 보입니다. 땀에 흠뻑 젖은 용이는 거의 의식을 잃은 순이를 업고 있습니다. 산꼭대기에 버티고 앉아 있는 커다란 바위와 바위 사이의 틈으로 숨어 들어간 용이가 정신을 잃은 순이를 차가운 돌바닥 위에 누입니다. 커다란 쌍바위 아래로 이제 막 안개가 걷히기 시작한 백두산 천지가 유유히 흐르고 있습니다.

"순이야, 순이야!"

용이는 등에 업혀 있던 순이를 내려놓을 때까지 순이가 의식을 거의 잃을 정도로 심하게 앓고 있는 줄은 몰랐습니다. 그러나 이름을 부르는 용이의 다급한 목소리에도 순이는 대답이 없습니다. 순이의 몸이 달아오른 난로처럼 뜨겁습니다. 당장이라도 약을 쓰지 않으면 일본군에게 잡히기도 전에 큰일이 날 듯합니다.

'노랑만병초가 필요하다.'

순이의 열을 떨어뜨리고 의식을 되돌리기 위해서는 노랑만병초의 즙을 짜 먹여야 합니다. 노랑만병초는 백두산 고산 지대에서만 자라는 노란색 꽃입니다. 가늘고 소박한 외형과는 달리 이 꽃은 특이한 독을 품고 있는데, 그 독을 아주 조금 짜서 먹이면, 사람의 의식을 깨어나게 하고 열을 떨어뜨리는 약이 됩니다. 용이는 몇 년 전, 아버지와 함께 백호를 찾아 이곳 정상에 올랐을 때 노랑만병초를 보았던 기억을 떠올립니다. 산꼭대기에서 그다지 멀지 않은 곳이었습니다. 단숨에 다녀올 만한 거리입니다. 문제는 올라오는 일본군들을 마주 보고 포위망을 뚫고 내려가야 한다는 것입니다. 그리고 노랑만병초를 손에 넣으면, 다시 그물처럼 펼쳐져 있는 일본군의 포위망을 뚫고 그들보다 먼저 산꼭대기에 도착해야만 합니다. 무모한 도전이지만 달리 방법이 없습니다. 이대로 의식을 잃은 순이를 업고, 험한 산을 세 개나 더 넘어 중국 영토로 달아나는 것은 불가능합니다. 순이의 의식이 돌아오고 어느 정도 기운을 차려야 그나마 탈출할 엄두가 날 것 같습니다.

용이는 호랑이 가죽 외투를 덮은 채 의식 없이 누워 있는 순이의 손을 잡습니다.

"순이야."

의식 잃은 순이는 대답도 잃었습니다.

"금방 돌아올게."

"……."

"노랑만병초 찾아서 금방 올게."

용이가 순이의 가여운 손을 놓고 일어서려는데, 손을 놓아 주지 않습니다. 의식 없는 순이가 용이의 손을 꼭 쥐고 있습니다. 용이는 순이의 얼굴을 쓰다듬습니다. 바들바들 떨고 있는 순이의 양 눈꺼풀 사이로 이슬 같은 눈물이 흘러내려 뺨을 적십니다. 순간적으로 용이는 다 포기하고 순이 곁에 눕고 싶어집니다. 나란히 누워 손을 꼭 잡고, 이대로 잠들었으면 좋겠습니다. 옆에서 함께 잠들어 순이가 꾸는 꿈을 나눠 꾸었으면 좋겠습니다. 꿈속에서 그토록 보고 싶었던 엄마별을 보게 되면 좋겠습니다. 엄마별이 수고하고 지쳐 버린 자신을 보살펴 주면, 그저 따뜻하게 품어 주면 좋겠습니다.

"꼭 돌아올게."

지친 몸을 억지로 일으킨 용이가 순이의 귀에 속삭입니다.

산꼭대기 쌍바위 틈에 순이를 홀로 남겨 놓은 용이가 한 무리의 일본군 수색대와 근접한 곳까지 내려옵니다. 말을 걸면 들릴 만큼 가까운 곳에 일본군 수색대가 있습니다. 용이는 숲 바닥에 몸을 바짝 엎드린 채 그들이 멀어지기를 기다립니다. 용이의 기억이 맞다면, 틀림없이 이 근처 어딘가에 노랑만병초가 있을 것입니다. 일본군들이 멀어지자 용이는 긴 풀잎을 일일이 더듬고 들추며 노랑만병초를 찾기 시작합니다. 그러기를 여러 번, 마침내 긴 풀잎을 거둬 낸 곳에서 노랑만병초가 가냘프면서도 수줍은 얼굴을 드러냅니다. 찾았습니다! 이제 다시 올라가 순이의 입에 노랑만병초 즙을 흘려 넣어 주어야 합니다. 뿌리째 파낸 노랑만병초 한 포기를 가슴에 소중하게 보듬어 안고 산꼭대기를 향해 발을 떼는 순간,

철커덩!

쇠 날과 쇠 날이 맞부딪히는 날카로운 소리가 납니다. 용이가 그 자리에 우뚝 멈춰 서 버립니다. 용이의 얼굴이 순식간에 고통으로 일그러집니다. 일본군들이 숨겨 놓은 호랑이 덫에 왼쪽 다리가 걸린 것입니다. 날카로우면서도 육중한 쇠꼬챙이들이 용이의 왼쪽 정강이 근육을 찢고 뼈를 부수며 죄어 옵니다.

순이가 누워 있는 산꼭대기 쌍바위 틈 사이로 그림자 하나가 얼씬거립니다. 바위 틈을 비집고 들어온 그림자가 의식을 잃은 채 잠들어 있는 순이를 안아 듭니다. 땀에 흠뻑 젖은 그는 다름 아닌 가즈오입니다. 용이네 움막 근처에서 만

난 수호랑이를 가까스로 사살한 가즈오가 본대보다 한 발짝 일찍 산 정상에 도착한 것입니다. 순이를 찾은 기쁨도 잠시, 점점 옥죄어 오는 일본군들에게서 달아나기 위해 가즈오는 순이를 안은 채 바위 틈을 빠져나와 무작정 낭떠러지 위에 나 있는 좁은 돌길로 뛰기 시작합니다. 돌길이 어디로 통하는지, 길이 있기나 한 건지 확인할 겨를도 없습니다. 지금 가즈오의 머릿속에는 순이를 탈출시켜야 한다는 생각 하나뿐입니다.

용이는 그 자리에서 꼼짝도 못 한 채, 그대로 서 있습니다. 왼쪽 다리가 산산이 부서진 것이 확실합니다. 조금만 움직여도 뼈를 뚫고 박혀 있는 쇠꼬챙이들이 신경을 찢는 것 같습니다. 숨만 쉬어도 조각난 뼈와 뼈가 부딪히는 소리가 납니다. 용이는 자신의 양 손가락을 펴서 맞물려 있는 쇠꼬챙이들 사이에 집어넣습니다. 그리고 쇠꼬챙이와 쇠꼬챙이 사이를 벌리기 위해 안간힘을 씁니다. 힘을 주면 줄수록, 용이의 손가락들마저 날카로운 쇠꼬챙이에 베어 피가 흐릅니다. 안간힘을 쓰는 용이의 붉어진 눈에 눈물이 고입니다. 양손이 피로 범벅이 될 때쯤 쇠덫 사이가 조금씩 벌어지기 시작합니다.

가즈오를 제일 먼저 발견한 것은 사냥개들입니다. 사냥

개 두 마리가 산꼭대기로 튀어 올라오더니, 순이를 안은 채 조금 떨어진 낭떠러지 위 좁은 돌길로 비틀비틀 도망가고 있는 가즈오를 향해 곧장 달려 나갑니다. 이윽고 이케다 중좌와 일본군 병사들이 호랑이 산 정상에 모습을 드러냅니다. 이케다 중좌의 눈에 한 사내가 호랑이 가죽을 덮어 쓴 다른 누군가를 안고 도망가는 모습이 보입니다. 이미 겨눠 쏴 자세로 그들을 정조준하고 있는 병사들에게 명령합니다.

"기다려! 산 채로 잡자."

순이를 안고 달리던 가즈오가 뒤를 돌아봅니다. 이빨을 드러내고 자신을 향해 맹렬하게 달려오는 사냥개 두 마리가 시야에 들어옵니다. 그 뒤로 자신을 정조준하고 있는 이케다 중좌와 병사들의 모습도 보입니다. 이제 끝인가 봅니다. 이렇게 끝나는가 봅니다. 화폭에 담고 싶었던 어머니도, 사랑하는 순이도, 다시 평화가 찾아온 세상도……. 다시는 그려 보지 못하고 끝나 버리나 봅니다. 그래도 가즈오는 달아나는 발걸음을 잠시도 멈추지 않습니다. 더욱 속력을 내어 아슬아슬한 돌길을 따라 달립니다. 한 발짝만 잘못 디디면 낭떠러지 아래로 떨어지게 될 텐데도 가즈오는 멈추지 않습니다. 아직 할 말이 남아 있기 때문입니다. 가즈오는 내달리면서, 그의 품에 안겨 있는 순이에게 빠르게 이야기합니다.

"순이 씨, 미안합니다. 정말 미안합니다. 당신 나라에 와서 전쟁을 해서 미안합니다. 평화로운 땅을 피로 물들여서 미안합니다. 꽃처럼 아름다운 당신을 짓밟아서 미안합니다. 순결한 당신의 몸을 찢고, 그 아름다운 두 눈에 눈물 흘리게 해서 미안합니다."

말을 끝낸 가즈오가 갑자기 멈춰 섭니다. 사냥개 한 마리가 가즈오의 발목을 물고 늘어집니다. 다른 한 마리가 허벅지를 물어 뜯습니다. 가즈오는 권총을 꺼내 사냥개들을 향해 발사합니다.

탕! 탕!

맹렬하게 짖던 사냥개들이 조용해집니다. 가즈오의 눈에 저 멀리서 자신을 정조준하는 일본군 병사들의 모습이 보입니다. 가즈오는 순이를 돌바닥 위에 고이 내려놓습니다.

"순이 씨, 정말 미안합니다. 용서해 주십시오."

가즈오의 마지막 말이 끝나기 무섭게 그를 향한 총구들이 일제히 불을 뿜습니다.

탕! 타타타탕! 탕! 탕! 탕!

총알 세례를 받은 가즈오의 몸이 고목처럼 쓰러집니다. 대일본제국 육군 대위 가즈오 마쯔에다가 눈을 감습니다.

또도독, 똑.

잠든 가즈오의 얼굴 위로 물방울들이 또도독 하고 떨어집니다. 하늘에 떠 있던 새끼 제비가 흘리는 눈물방울입니다.

안개에 휩싸인 백두산

콸콸콸.

일본군 병사가 돌바닥에 누워 있는 순이의 얼굴에 수통의 물을 붓습니다. 열에 들뜬 순이가 조금이나마 의식을 되찾습니다. 눈앞에 이케다 중좌와 일본군 병사들의 모습이 희미하게 보입니다. 자신들이 사살한 자가 용이가 아닌 가즈오 대위라는 사실에 머리끝까지 화가 치민 이케다 중좌가 순이의 가녀린 몸을 일으켜 세웁니다.

"조선놈은 어디 있나?"

이케다가 묻습니다.

순이는 대답이 없습니다.

철썩!

이케다는 주저 없이 큼지막한 손바닥으로 순이의 뺨을 때립니다.

"용이란 놈은 어디 있나?"

"……."

퍽!

이케다의 군홧발이 순이의 아랫배를 걷어찹니다. 배를 걷어차인 순이가 헉 소리도 못 내고 앞으로 고꾸라집니다. 쓰러진 순이의 얼굴 위로 이케다의 군홧발이 날아오는 바로 그 순간,

"이야아아!"

바위를 쪼개 버릴 듯한 포효가 들립니다. 뒤돌아보니 반쯤 남은 왼쪽 다리를 절룩거리며 용이가 이케다를 향해 곧장 돌진해 오고 있습니다. 용이가 달려오며 내지르는 성난 소리에 온 산이 흔들리는 듯합니다. 당황한 병사들의 총구에서 일제히 불이 뿜어져 나옵니다.

탕! 타타탕!

병사들이 쏜 총알이 용이의 배와 어깨에 명중합니다. 그러나 놀랍게도 용이는 돌진을 멈추지 않습니다. 돌진하는 용이가 가슴에 품은 노랑만병초가 바람에 날려 하늘로 흩어집니다. 하늘에 떠 있던 새끼 제비가 재빨리 노란 꽃잎 한 장을 낚아챕니다.

피투성이가 된 용이의 손이 이케다의 목을 잡는가 싶더

니만, 상처 입은 다리 때문에 균형을 잃고 휘청합니다.

탕! 타탕!

일본군 병사들의 총구에서 다시 한 번 불이 뿜어져 나옵니다. 이번에는 용이의 성한 오른쪽 다리에서 붉은 피가 튑니다. 용이가 또 한 번 크게 휘청합니다. 용이가 돌바닥 위에 쓰러져 있는 순이를 바라봅니다. 순이도 용이를 바라봅니다. 아주 짧은 순간, 둘은 마주친 눈으로 이야기합니다.

'용이야, 우리, 다시 만나자.'

'그래, 꼭 다시 만나자.'

'엄마별에서 기다릴게.'

'그래, 꼭 찾아갈게.'

위태롭게 휘청거리던 용이의 몸이 낭떠러지 아래로 떨어집니다. 천길만길 낭떠러지 아래에는 천지가 흐르고 있습니다.

풍덩!

끝 모르고 떨어지던 용이를 고요한 천지가 품어 줍니다. 용이를 품은 천지에서 김이 모락모락 나는가 싶더니, 바람이 불며 봉우리 틈새로 서서히 안개가 뿜어져 나옵니다.

새끼 제비가 창공으로 높이 날아오릅니다. 저 아래 보이는 낭떠러지 옆으로 난 좁은 길로 이케다 중좌를 비롯한 일본군들이 조심조심 산을 내려가고 있습니다. 일본군 병사

한 명이 순이를 업고 내려갑니다. 순이를 업은 병사가 한 발 한 발 내딛을 때마다 순이의 어깨가 출렁거립니다. 가냘픈 어깨가 출렁거릴 때면 감은 두 눈에서 눈물이 방울방울 떨어져 내립니다. 그들은 가여운 순이를 어디로 데려가는 걸까요. 용이는 어떻게 된 걸까요.

백두산은 안개에 휩싸이기 시작합니다. 사방에서 뿜어져 나온 짙은 안개가 순식간에 백두산 산꼭대기를 덮어 버립니다. 천지는 아무것도 비추지 않습니다.

순이도, 용이도, 일본군도, 새끼 제비도, 더 이상 아무도…… 그 무엇도 보이지 않게 되었습니다.

뒷이야기

잘가요 언덕에서

젊은 군인들이 잘가요 언덕 주변에 두 줄로 도열해 있습니다.

잠시 후, 작은 버스 한 대가 도착합니다. 쏘니 할머니를 태운 버스입니다.

"내 이름은 쏘니입니다. 고향은 호랑이 마을입니다."

70년 만에 필리핀의 한 작은 섬에서 발견된 쏘니 할머니가 지난 달, 대한민국에 오셔서 하신 첫 마디입니다. 이제 막 말을 배우는 아이처럼 더듬더듬 이야기하는 이 작은 할머니의 모습에 온 국민이 함께 울었습니다. 올해로 89세인 이 할머니의 고향은 백두산 호랑이 마을이라고 합니다. 그리고 오늘 쏘니 할머니는 대한민국 정부의 도움으로 무려 70년 만에 고향을 방문하게 된 것입니다.

버스 문이 열리고, 자그마한 쏘니 할머니가 내립니다. 젊은 장교가 할머니를 맞이합니다.

"부대, 차렷! 경례!"

젊은 장교의 부축을 받은 쑤니 할머니가 잘가요 언덕을 향해 걸어오자, 두 줄로 도열해 있던 군인들이 일제히 경례를 붙입니다.

쑤니 할머니가 비틀비틀 천천히 걸어 잘가요 언덕 위로 올라섭니다.

잘가요 언덕 위에는 아름드리 꿀밤나무가 그대로 서 있습니다. 꿀밤나무에 꿀밤들이 주렁주렁 달렸습니다. 잡초밭으로 변한 언덕 바닥에 훌쩍이 무덤은 더 이상 보이지 않습니다. 오랜 세월에 깎여 내려갔나 봅니다. 쑤니 할머니가 팔을 뻗어, 가는 철사처럼 휘어진 손가락으로 꿀밤나무를 만져 봅니다.

'순이야, 용이야! 노올자!'

쑤니 할머니의 귀에 훌쩍이의 목소리가 들려오는 듯합니다. 훌쩍이가 살아 있었다면, 고향을 다시 찾은 할머니를 위해 오세요 종을 반갑게 쳐 주었을 것입니다. 오세요 종 소리를 들은 호랑이 마을 사람들이 모두 잘가요 언덕에 모여 쑤니 할머니를 반갑게 맞아 주었을 것입니다.

아름드리 꿀밤나무를 어루만지던 쑤니 할머니가 호랑이

마을 쪽으로 고개를 돌립니다. 마을로 가는 꼬불꼬불한 작은 길은 사라지고, 커다랗게 난 길 위에 하늘 높이 올라간 철조망 담이 길게 뻗어 있습니다. 30여 년 전, 이곳에 미사일 기지가 들어서면서 호랑이 마을은 없어졌다고 합니다. 젊은 장교가 그곳은 출입금지 구역이라 쑤니 할머니를 모시고 들어갈 수 없다고 말합니다.

쑤니 할머니는 아무 말 없이 잘가요 언덕 위에 서 있습니다. 꿈에도 그리던 고향으로 돌아왔는데 고향이 없어지다니. 호랑이 마을도, 마을 사람들도, 추억도, 모두 세월의 깊은 바닷속으로 가라앉아 버린 모양입니다.

"순이 할머니, 저 기억하시겠습니까?"

쑤니 할머니가 돌아본 곳에, 고운 한복을 단정히 차려입은 할머니 한 명이 서 있습니다.

한복을 입은 할머니는 쑤니 할머니가 들을 수 있도록 최대한 큰 목소리로 또박또박 말합니다.

"저 기억나십니까? 샘물이예요. 제 부모님이 살아 계실 때 쑤니 할머니 이야기를 많이 해 주셨습니다."

들리는지 안 들리는지, 기억이 나는지 나지 않는지, 쑤니 할머니는 아무런 반응이 없습니다. 자그마치 70년이라는 세월의 벽을 뚫기에 할머니의 기억은 너무나 옅어졌나 봅니다.

"저희 부모님이 옛날 어려웠던 시절에 쑤니 할머니한테 신세를 많이 졌다고, 늘 고마워했었습니다. 먹고살기가 너무 힘들어 나를 허락 없이 맡겼는데, 할머니가 자식처럼 돌봐 주셨다고요. 내가 눈물이 멈추지 않아 고생할 때, 할머니가 매일 내 눈을 눌러 주셨다면서요. 정말 기억 안 나십니까?"

"샘⋯⋯ 물⋯⋯ 이⋯⋯."

"맞습니다. 제가 샘물이예요. 할머니가 키워 주고, 눈도 뜨게 해 주셨잖아요?"

순이가 엄마처럼 보살펴 주었던 아기 샘물이가 할머니가 되어 쑤니 할머니 앞에 서 있습니다. 그 옛날, 순이가 일본군에게 잡혀가고 며칠 지나지 않아, 중국으로 떠났던 샘물이 엄마와 아빠는 호랑이 마을로 다시 돌아왔습니다. 그러고는 돌이 지난 샘물이와 함께 호랑이 마을이 없어지는 날까지 그곳에서 쭉 살았다고 합니다.

샘물이 할머니가 쑤니 할머니의 바싹 마른 손을 맞잡습니다. 맞잡은 손을 사이에 두고, 두 할머니의 눈에 눈물이 그렁그렁 맺힙니다. 깊이 가라앉았던 아련한 추억이 다시 수면 위로 떠오르는 듯합니다.

"왜 이제야 오셨습니까? 좀 더 일찍 오시지 않고."

샘물이 할머니의 응석 어린 타박에 쑤니 할머니가 희미한 미소로 화답합니다.

"이리들 오너라. 얼른 이리들 와서 인사해라."

옷소매로 눈물을 훔친 샘물이 할머니가 잘가요 언덕 아래에서 기다리고 있는 한 무더기의 사람들을 향해 소리칩니다. 어른부터 아이까지 십수 명이 한꺼번에 잘가요 언덕 위로 올라옵니다. 여자아이들은 색동저고리를 입었습니다. 아이들의 손에 예쁜 들꽃으로 만든 꽃다발이 여러 개 들려 있습니다.

"제 자식과 손주들입니다."

어른들이 차례로 인사하고 어린아이들은 쑤니 할머니의 품에 꽃다발을 하나씩 안겨 드립니다. 들꽃 향기가 잘가요 언덕에 가득 찹니다.

이윽고 샘물이 할머니가 일행에게 넘겨 받은 작은 보자기를 주섬주섬 풀기 시작합니다. 보자기 안에서 나무를 깎아 만든 어른 손바닥만 한 크기의 아주 오래된 조각이 하나 나옵니다.

"이거…… 할머니 거예요."

오래된 나무 조각을 쑤니 할머니에게 내밀며, 샘물이 할머니가 말합니다.

"쑤니 할머니가 가신 후로, 쭉 호랑이 마을에 살았는데, 어떤 사람이 몇 년에 한 번씩 우리 집에 찾아왔어요. 덩치는 커다란데, 다리가 한 짝밖에 없는 남자였지요. 그 사람은 깊은 산속에서 산다고 했는데, 올 때마다 나한테 물었어요. 순이 할머니한테 연락 온 거 없었느냐고……. 통일 되면 할머니 찾아 남쪽으로 갈 거라 그랬었는데……. 호랑이 마을이 없어지기 전에 마지막으로 왔을 때, 혹시 나중에라도 할머니를 만나면 이 나무 조각을 꼭 전해 달라면서 맡기고 갔어요."

쑤니 할머니가 말없이 나무 조각을 받아 듭니다. 오래된 나무 조각은 아이를 업은 그 옛날 어린 순이의 모습입니다. 나무 조각 뒷면에 작은 글자가 새겨져 있습니다.

따뜻하다, 엄마별.

'용이야…….'
쑤니 할머니는 그제야 하염없이 눈물을 흘리며 나무 조각을 천천히 품에 끌어안습니다.

들꽃 향기가 나비들을 불러 모았나 봅니다. 형형색색의 나비들이 잘가요 언덕 위에 서 있는 쑤니 할머니 주위로 날아둡니다.

쑤니 할머니가 고개를 들어 하늘을 바라봅니다. 파란 하늘을 가르며 제비 떼가 날아갑니다. 제비봉에서 날아오는 제비 떼입니다. 제비들은 어디엔가 있을 따스한 남쪽 나라를 찾아 멀리멀리 날아갑니다.

작가의 말

훈 할머니를 기억하시나요?

열여섯 꽃다운 나이에 일본군에 의해 위안부로 끌려가셨다가 지난 1997년, 55년 만에 고국을 찾으셨던 곱고 동그란 눈의 할머니입니다. 저는 훈 할머니의 귀국 장면을 TV로 시청하면서 설명하기 어려운 복잡한 감정을 느꼈습니다. 그건 아마 위안부 희생자들에 대한 연민과 일본군에 대한 분노 그리고 그들을 보호하지 못한 국민으로서의 자책이자, 이전 세대가 겪은 고통을 물려받은 다음 세대의 트라우마였던 것 같습니다.

당시 훈 할머니처럼 위안부로 끌려간 수많은 여성들은 한 사람도 예외 없이 누군가의 소중한 딸이었습니다. 또한, 그들 모두가 한 번뿐인 삶을 인간답게 살기 위해 태어난 기적 같은 사랑의 결정체였습니다. 그런데 위안부로 끌려가며 인간으로서의 존엄성은 무자비하게 짓밟혔고, 삶은 통째로 사라졌습니다.

훈 할머니의 귀국 장면을 본 그날 이후 한동안 제 머릿속에 '만약에'로 시작되는 질문들이 떠올랐습니다.

'만약에 어린 소녀들이 위안부로 끌려가지 않고 고향에서 살 수 있었다면……'
'만약에 이들을 구하기 위해 목숨을 내걸고 싸운 강하고 용감한 남자들이 많이 있었다면……'
'만약에 해도 되는 일과 안 되는 일을 판단할 수 있는 양심적인 일본군 장교나 병사들이 있었다면……'
'만약에 이랬다면……'
'만약에 저랬다면……'

헛된 질문들이었습니다. 이미 지나간 역사에 '만약'은 없으니까요. 하지만 저는 가상의 이야기 속에서라도 답을 찾고 싶었습니다. 그렇게 해서라도 인간은 존엄하며, 모두의 삶은 소중하다는 보편적 진리를 확인하고 싶었던 것일지도 모릅니다.

어느 인터뷰에서 첫 소설을 쓰면서 '일본군 위안부'라는 무거운 소재를 택한 이유가 무엇이냐는 질문을 받은 적이 있습니다. 이에 저는 "소설을 쓰기 위해서 일본군 위안부를 소재로 택한 것이 아니라, 위안부의 아픈 역사에 대해 이야기하고자 소설이라는 장르를 택한 것"이라고 답했습니다.

하지만 단편 소설 한 편 써 본 경험이 없는 사람이 장편소설을 쓴다는 것은 준비 안 된 여행자가 빈손으로 긴 여행을 떠나는 것만큼 무모한 일이었습니다. 소설이 완성되는 과정은 느리고 지난했습니다.

1998년 무렵부터 소설을 쓰기 시작했지만 중단을 거듭하다가 2006년이 되어서야 본격적으로 재도전하게 되었습니다. 소설을 다시 쓰기로 결정한 후 제일 먼저 백두산을 찾았습니다. 이 글의 주무대인 백두산에 가서 소설 속 순이가 자란 곳을 거닐고, '오세요 종'을 매단 나무를 쓰다듬고, 새끼 제비가 놀던 호수를 내려다보고, 엄마별을 찾아 밤하늘을 올려다보고 싶었습니다. 코를 내어놓으면 코를 베어 가고, 귀를 내어놓으면 귀를 베어 간다는 백두산 칼바람이 무척이나 날카로웠습니다. 꽁꽁 얼어붙은 천지를 가로질러 백두산 이곳저곳을 기웃거리며 한나절을 걸으니, 그 시절을 살아 낸 사람들의 마음이 조금 이해되기 시작했습니다. 천지를 에워싸고 있는 봉우리들을 올려다보았습니다. 보통 높은 산들은 "오를 테면 올라와 봐라."라고 하듯이 하늘을 향해 얼굴을 들고 있는데, 백두산 봉우리들은 고개를 숙여 땅을 굽어보고 있는 듯했습니다. 마치 엄마가 아이를 보살피듯 말입니다.

백두산을 다녀온 후에는 위안부 피해 할머니들이 모여 살고 계시는 '나눔의 집'에 몇 차례 방문해 할머니들과 시간을 보냈습니다. 2007년 화창한 봄날, 한복을 곱게 차려입고 영정 사진을 찍으시는 할머니들의 모습을 보며, 소설을 빨리 끝내 선물해 드려야겠다 마음을 다지기도 했습니다.

2008년 여름, 몇 차례의 수정을 거친 끝에 이 소설을 탈고했습니다. 지루한 수정 과정 중 모니터링을 해 준 분은 저의 어머니셨습니다. 어머니는 글의 줄거리에는 관여하지 않으셨지만, 소설 속 거론된 동물들이 당시에 백두산에 살았는지, 특정 나무나 꽃, 약초가 그곳에 실제 자생했는지, 명칭은 정확한지 등 허구의 이야기라는 핑계로 간과하기 쉬운 기본적인 것들에 대해 조언해 주시며 글을 단단하게 다질 수 있도록 도움을 주셨습니다. 저와 어머니는 이메일로 원고를 주고받았는데, 제가 원고를 보내 드리면 어머니가 질문하고, 제가 답하거나 수정하는 식으로 작업을 했습니다. 당시 어머니가 저에게 해 주신 말씀 중 소설가로서의 개념을 잡아 준 말씀이 하나 있습니다.

"인표야, 작가에게 상상력은 중요하다. 그러나 사실을 배제한 상상력은 모래로 성을 쌓는 것과 같은 거란다."

어머니의 이 조언은 저로 하여금 상상과 조작의 차이가 무엇인지 생각해 보게 했고, 저는 다음과 같은 결론에 도달했습니다.

- 상상은 인간을 자유롭게 하지만, 조작은 인간을 구속한다.
- 소설가는 조작하는 사람이 아니라 상상을 통해 꿈꾸는 사람이다.

2009년, 《잘가요 언덕》이라는 제목으로 이 글을 세상에 처음 내놓았고, 작가로서 첫발을 내딛게 되면서 독자님들의 호응과 다양한 의견을 만났습니다. 그로부터 10년이 흘러 《잘가요 언덕》은 절판되었고 사람들의 기억에서 잊혔습니다. 그리고 2021년, 이 이야기를 더 많은 청소년들이 읽었으면 좋겠다는 '해결책 출판사'의 제안 덕에 《언젠가 우리가 같은 별을 바라본다면》이라는 제목으로 복간되었습니다.

처음 이 소설을 쓰기 시작했을 때 제 마음은 몹쓸 짓을 한 가해자들을 응징하고 싶다는 분노로 가득 차 있었습니다. 그런데 오랜 세월 이야기를 고쳐 쓰면서 분노만 하느라 살피지 못한 한 가지가 떠올랐습니다. 그건 피해자로 평생을 살아야 했던 할머니들의 아픈 마음이었습니다. 어쩌면 아파하는 할머니들에게 필요한 것은 분노가 아니라 공감일지 모른다는 생각이 들었습니다. 다른 사람의 아픔을 내 아픔처럼 느끼는 마음, 그것이 공감입니다. 이런 마음이 들자 저는 소설의 방향을 바꾸었습니다. 힘들고 어렵지만, 어디서 찾아야 할지 막막하지만, 이 글을 통해 복수가 아닌 용서를 찾아보기로 했습니다. 그래서 할머니들의 아픈 마음을 조금이나마 위로하고 싶었습니다.

한 시대의 아픔을 그 세대 사람들이 충분히 공감하면, 다음 세대는 같은 아픔을 겪지 않아도 됩니다.

이제 이 글은 다시 긴 여행을 떠납니다.

그 여정에서 독자 여러분과 만나게 되기를 바랍니다. 그리고 이 만남이 독자 여러분의 마음에도 엄마별을 띄울 수 있기를 소망합니다.

책을 읽은 독자님들께 소설 속 관찰자로 등장하는 '새끼 제비'의 정체에 관한 질문을 많이 받았습니다. 해석은 여러분의 몫이지만 궁금해하시는 분들이 많으니, 앞으로 이 책을 읽을 어린이와 청소년을 위해 작가의 의도를 추정할 단서를 귀띔해 드리며 인사를 대신하겠습니다.

새끼 제비는 세월이 흘러도 나이를 먹지 않습니다.
계절이 바뀌어 추워져도 이 땅을 떠나지 않습니다.
역사적 아픔을 바라보고 공감하며, 기억합니다.
새끼 제비는 바로…….

2009년 여름에 처음 쓰고, 2021년 늦가을에 고쳐 쓰고,
2025년 초봄에 다시 씁니다.

차인표

추천의 글

《언젠가 우리가 같은 별을 바라본다면》은 청소년들이 교과서로만 접하던 일제 강점기 위안부 강제 동원의 부당함을 가슴으로 절절히 느낄 수 있는, 서정성이 물씬 느껴지는 소설이다.

또한, 작품에 나오는 백두산 호랑이 마을 사람들의 자연과 동물에 대한 공감과 연민, 일본군 장교 가즈오의 편지 내용과 그의 행동 등은 따뜻한 인간의 본성과 연대 의식을 깨닫게 해 준다. 이는 학교 독서 활동에서 중요한 토론 주제가 될 수 있는 소재이며, 학생들과 꼭 이야기를 나눠 보고 싶은 주제이다. 청소년들에게 올바른 역사 인식과 따스한 감수성을 길러 줄 수 있도록 이 책이 널리 지속적으로 읽히길 기대한다.

_ **강현구**(경문고등학교 국어 교사)

배우의 일은 대본 속 인물의 아픔을 사실적으로 표현하는 것이고, 작가의 소명은 시대의 아픔에 공명하는 것이다. 《언젠가 우리가 같은 별을 바라본다면》은 치유되지 못한 상처를 가진 사람들을 너른 품으로 안아 조곤조곤 이야기로 풀어낸다. 배우 차인표가 쓴 책을 읽다가 작가 차인표를 만났다. 놀라웠다.

용서를 빌지 않는 상대를 어떻게 용서할 것인가……. 작가가 건넨 화두가 오래도록 마음을 흔든다. 나를 아프게 한 타인을 평생 원망만 하고 살기엔 내 인생이 너무 소중하다.

애틋한 사랑 이야기와 통쾌한 활극의 만남 또한 인상적이다. 언젠가는 영화로도 만나고 싶은 작품이다.

_ **김민식**(PD, 《외로움 수업》, 《영어책 한 권 외워봤니?》 작가)

좋은 글이 무엇인지 사람마다 기준이 다르겠지만, 좋은 글을 쓸 수 있는 사람이 누구냐고 묻는다면 나는 주저 없이 '좋은 사람'이라고 말한다. 또한 그렇게 믿고 있다. 《언젠가 우리가 같은 별을 바라본다면》은 그러한 나의 믿음을 또 한 번 확인시켜 주었다.

사람을 쉽게 미워하거나 단죄하지 않고, 용서가 결국 모두의 삶을 진전시킬 수 있다고 말하는 저자의 선한 마음과 태도는 무엇이 우리를 인간이게 하는지 묻는 듯하다. 무엇보다도 스스로 조금 더 좋은 사람이 되고 싶게끔 만드는 아름다운 책이다.

_ **김민섭**《《우리는 조금 더 다정해도 됩니다》,
《당신이 잘되면 좋겠습니다》 작가)

◆이 책으로 독서 활동이나 한 학기 한 권 읽기 수업을 진행하고 싶으신 분들을 위해 해결책 블로그에서 '독후 활동 자료'를 제공합니다. 필요하신 분은 다운받아 사용해 주세요. blog.naver.com/answer_key

제14회 황순원문학상 신진상 수상작

한국형 판타지 소설의 새 지평을 여는
차인표 장편소설 《인어 사냥》

영생하는 인어 기름을
차지하기 위한,
인간의 탐욕과
근원적 욕망에 관한 이야기

놀라운 상상력과 몰입감!
욕망을 좇는
인간들을 향한 경종
"허락되지 않은 것은
절대로 먹지 마라."

차인표 저 | 272쪽 | 15,000원

"나도 모르게 기예르모 델 토로의 렌즈를 장착하고 읽게 되는 소설!"

김영덕
(부산국제영화제 아시아콘텐츠 & 필름마켓 위원장)

"경이롭다. '글로 쓴 영화'가 무엇인지 알게 해 주는 작품이다.

기회가 된다면 당장 영화로 만들고 싶다."

김지훈
(영화감독)

기록하기

책을 읽고, 느낀 점이나 기록하고 싶은 내용을 남겨 주세요.